文春文庫

陰陽師

玉兎《ぎょくと》ノ巻

夢枕獏

文藝春秋

目次

陰《おん》陽《みよう》師《じ》

玉兎《ぎょくと》ノ巻

邪蛇狂《じやじやぐる》ひ

1

一

四条に屋敷を構えている渡辺元綱《わたなべのもとつな》は、狷介《けんかい》な人物であった。

己れを曲げない。

いったん口にしたことに固執《こしつ》する。たとえ、後でそれが間違いとわかっても、考えを変えなかった。

時にそれがはなはだしく、家の者が注意をしても、聴き入れぬばかりか、それが妻や子であっても打ちすえたり、場合によっては刀に手をかけたりする。

そんなであったから、妻の透子《とおこ》も心労が重なって、子の綱之《つなゆき》が十歳になる年に、死んでしまった。

それから、元綱の狷介さがさらに増した。

些細《ささい》なことで、使用人を刀にかけるようになってしまったのである。

それまでは、たとえ刀を抜くことはあっても、透子がとりなしたりしてなんとかおさまっていたのが、歯止めがきかなくなってしまったのである。

それも、年にひとりずつは殺していったものだから、しまいには働く者がほとんどいなくなって、ひとりの老爺《ろうや》を含むわずか数人の者と、子の綱之が、使用人のやるようなことをやって、なんとか暮らしをたてていたのである。

それが、この夏、梅雨《つゆ》が明けた頃であったか、庭に大きな黒い長虫《ながむし》——蛇が出た。

庭を歩いている時に、この蛇を元綱が踏んだのである。すると、この蛇が、いきなり元綱の足にからみついて、その脹脛《ふくらはぎ》のあたりを嚙んだのである。

額のあたりに、ぽつんと何やら小豆《あずき》ほどの大きさの膨らみのある蛇であった。

元綱、大いに怒って、両手で蛇の頭を摑《つか》んで、足から引きはがすと、口からびりびりとその蛇を引き裂き、まだ動いているその頭を、今度は刀を抜いて、縦に断ち割って、ようやく動かなくなったその蛇の死骸を、草むらの中に放り投げた。

元綱がおかしくなったのは、その晩からであった。

寝床の中で、うなされたのである。

獣のような声をあげ、きりきりと歯を嚙んで軋らせた。

「おう、おおおおう」

おそろしい声をあげる。

ただの寝言にしてはおかしい。

その声で、綱之も眼を醒まし、父元綱の寝所へやってくると、夜具の上で、元綱が身をよじって悶えている。

わずかに残った屋敷の者たちも、何事かと集まってきた。

「父上——」

綱之が声をかけると、元綱、ふいに閉じていた瞼《まぶた》をかっと見開いて、立ちあがった。

「父上、いかがなされましたか——」

と——

闇の中で、元綱がじろりと綱之を見やって、

「我は牛丸《うしまろ》じゃ……」

と言う。

いつもと声が違う。

「元綱に斬られて死んだのが、四年前、三十二歳の時であった。出した白湯《さゆ》に蚊が一匹入っていた。それで殺された……」

言っていたその口調が、ふいに変化した。

「ええい、牛丸め、何じゃこの蚊は。このおれに恨みあって、わざとやったことか」

元綱の声である。

するとまた、違う声で、

「いいえ。滅相《めっそう》もない。その蚊、たった今入ったものにて、わざとやったものではございませぬ」

怯えた眼と、震える声で言う。

「主《あるじ》にさからうか」

「いいえ、いいえ」

「その怖がる面《つら》が憎し――」

「おやめくだされ。おやめくだされませ」

「この刀でこうしてくれるわ」

と、眼に見えぬ刀を握った様子で斬りつけた。

すると、

「わっ」

と、叫んで、斬りつけたはずの元綱がきりきりと身をよじる。

と――

ふいに、その動きを止めて、

「我はころ、く、じゃ……」

と、元綱の唇から、元綱でない声が発せられた。

今しがたの牛丸と言った声とも違う。

「元綱に、喉を突かれて死んだのが三年前、二十九の時じゃ……」

聴いていると、確かに三年前、元綱に殺された、ころくという使用人の声である。

するると、声がまた、元綱にもどって、

「こりゃ、ころくよ――」

「何でござります、旦那さま」

「庭のあの松の枝じゃが、失くなっておる。おまえが切ったそうじゃな」

「あの枝でござりまするが、虫に喰われて、腐り、中はぼろぼろで、もしも、元綱さまがお歩きの時、頭の上にでも落ちたらあぶないと、昨日切らせていただきました」

「なんじゃと。うぬは、このおれが、あの松の枝ぶりをいつも楽しんでおったのを知っていたはずじゃ。それを切るとは、このおれをないがしろにするのと同じことじゃ――」

「いえ、決して、元綱さまをないがしろになどいたしておりませぬ」

「ええい、言いわけいたすか――」

「言いわけではござりませぬ。お待ちを。お待ちを――」

「逃げるでない、逃げるでない」

「お助け下されませ、お助け下されませ――」

両手を合わせ、ころくの声で助けを願っていた、元綱でありころく、でもある者が、ふいに喉を押さえてのけぞった。

静かになると、また――

「我は平太《へいた》、四十六。二年前、元綱さまに、心の臓を抉《えぐ》られて死んだのがわたくしでござります――」

聴けば、綱之も知っている、平太の声であった。

また、声が変って、

「平太よ」

元綱が言う。

「な、なんでござりましょう、旦那さま――」

「何故、おびえた眼でおれを見るのじゃ」

「いえ、何もおびえてなど……」

「声が震えておるではないか」

「こ、声が……」

「おびえているところを見ると、やはり噂は本当であったか――」

「う、噂？」

「このおれが、どこかおかしいと、そのようなことを、前々より言いふらしているそうじゃな——」

「しておりませぬ。しておりませぬ」

「主のことを、悪《あ》しく言うやつは、罰当たりぞ。このおれが、成敗してくれる」

「わわあ」

と、平太の元綱が、胸を両手で押さえて、前のめりになったところで、

「こがいにござります。十四歳にて、昨年、元綱さまに斬られて果てました者にござります」

元綱の口から、女の声が洩れた。

「今、笑《わろ》うたであろう——」

女の声が、男の元綱の声に変った。

「笑うておりませぬ。いったい、何をそのような——」

「いいや、笑うた。おれに挨拶《あいさつ》をし、背を向けた途端に、舌を出して笑うたであろう」

「どうして、背を向けたわたくしが笑うたとわかるのでござりましょう」

「白状したな。今、自分から笑うたと白状したな」

「しておりませぬ」

「いいや、した」

「何をなされます。わたくしは、わたくしは——」

「逃げるか、おのれ!!」

「あれ」

女の声でひと声叫び、左の肩口を右手で押さえ、元綱は庭に走り出した。

素足のまま庭に飛び出た。

「父上、父上」

綱之が、遅れて庭に降りると、月光の中に元綱が立っている。

「我は牛丸じゃ……」

「我はころくじゃ……」

「我は平太、四十六」

「こ、こがもにござります」

次々に、元綱の口から、違う声が洩れる。

元綱は、そのまま土の上に座した。

眼の前に、子供が座したほどの庭石がある。

土に手を突き、

「おお、すまなんだ」

元綱が、頭を下げる。

ごつん!

という異様な音がした。

勢いがすごい。

庭石に打ちつけた鉢《はち》が、割れてしまうかと思えるほどである。

「すまなんだ」

「すまなんだ」

ごつん！

ごつん！

「父上、父上——」

慌《あわ》てて止めに入った綱之の眼の前で、

「すまなんだ」

ごつん！

綱之が、引き倒すようにして、庭石の前から、元綱を遠ざけた。

元綱の額の皮膚が裂け、肉が潰れて顔中血だらけになっている。

そこで、ようやく、元綱が正気にもどったというのである。

しかし、次の晩、また、同様のことが起こった。

眠っていた元綱が起き出して、それぞれ元綱に殺された者たちが、元綱の口から名のりをあげる。

そして、元綱は庭に出て、庭石に、激しく自らの頭を打ちつけるのである。

さすがに、その時は、庭石に頭を打ちつけたのは一度で止められたが、その次の晩も同様のことがあった。

その時は、刀を抜いて外に飛び出し、

「ええい、またきたか、牛丸」

「ころくめ、血まようたな」

「平太、今いちど殺してくれよう」

「こがもか、その首、落としてやろうぞ」

などと口走りながら、刀を振り回しているので、たれも近づくことができない。

結局、明け方になって、ようやく元綱は正気にもどったというのである。

二

「それが、昨夜のことであると？」

安倍晴明《あべのせいめい》が、問うたのは、土御門大路《つちみかどおおじ》にある晴明の屋敷の簀子《すのこ》の上であった。

その横に、源博雅《みなもとのひろまさ》が座している。

「はい」

と、頭を下げたのは、渡辺綱之であった。

夏――

陽差しの中で、かまびすしく蟬が鳴いている。

シワシワシワシワシワシワシワ
シワシワシワシワシワシワシワ
その蟬の声で、ただでさえ暑い大気が、さらに煮え立ってくるようであった。

晴明と博雅の前に座し、下げた綱之の頭の上に、その蟬の声が夕立ちのように注いでくる。

瓶子《へいし》と、飲みかけの酒の入った杯が、ふたりの前に置かれている。

しばらく前、ふたりで酒を飲んでいるところへ、渡辺綱之が訪ねてきて、

「どうぞ、お助け下され、晴明さま――」

そう言うのである。

何やら慌てている様子であったので、ともかく話を聴こうということで、簀子の上にあがってもらい、今、その話を聴き終えたところなのであった。

「しかし、なんとも凄まじき話じゃ。それは、殺された四人の者たちが、死霊《しりょう》となって元綱殿に憑《つ》いているということであろうかな、晴明よ」

博雅は言った。

「まあ、そういうことなのでありましょう……」

晴明が、博雅の口にしたことにうなずきながらも、まだ何か含みを残すように、言葉を濁した。

「他に、まだ何かあるというのか?」

博雅が言う。

「博雅さま。今度《こたび》のこと、牛丸が殺されたのは四年前、近いところでも、こがもが殺されたのは昨年のことにござります――」

「それがどうした?」

「もしも、死霊が祟《たた》るのであれば、それは、四年前、昨年でもよかったはず。何故、今なのでござりましょう――」

「それは……」

博雅が口ごもった。

「何かの加減で、そうなったのではないか」

「もちろん、何かの加減でござりましょうが、それが何かということでござります」

晴明は、綱之に視線を向け、

「で、綱之さまにおかれましては、今夜もまた同様のことが起こるのではないかと思うておられるということですね」

「はい」

「それで、わたしのところまでおいでになったと──」

「左様でござります。晴明さまなれば、なんとか父を救うてくださされるのではないかと思うているのですが──」

「元綱さまの御様子は、どうなのです？」

「もう、死人のように眠り続けております。額からは、もう、肉が破れて鉢の骨が白く覗いているようなありさまで……」

「とにかく、まいりましょう。どうぞ、先にお帰りになっていただけますか。わたしは、多少の準備がござりますので、それが終り次第、四条の方に向かわせていただきます。遅くとも、暗くなるまでには、うかがうことができるでしょう──」

「承知いたしました」

綱之は、頭を下げ、立ちあがって階段《きざはし》を下り、もう一度頭を下げて、蟬の声を背に受けながら帰っていったのである。

その姿が見えなくなってから、

「おい、晴明──」

博雅は言った。

「なんだ、博雅」

「おまえ、今、準備と言うたが、どのような準備をしようというのだ」

「それを今、思案しているところなのだ」

「思案？」

「先ほど、綱之殿の話を聴いて、思うところがないわけでもないからな」

「どういうことなのだ」

「まあ、待て。もう少しで思案がととのいそうなのでな――」

「おい……」

と、博雅が言った時――

「そうだな。なれば、真君《しんくん》殿に頼むのが一番であろう……」

晴明がつぶやいた。

「おい、晴明、何だ、その真君殿というのは――」

「じきにわかる」

言ってから、晴明は、ぽん、と手をひと打ちして、

「蜜虫《みつむし》」

と声をかけた。

蜜虫が出てきた。

「筆と硯《すずり》と、紙を……」

「承知いたしました」

うなずいて、蜜虫が姿を消すと、

「いったい、何をする気なのだ、晴明よ」

博雅が問うた。

「色々とな……」

「色々とは何だ。おれはそれを訊いているのだぞ」

「だから、色々さ。それが何であるか説明をして、もしも、後で違《ちご》うていたら、おまえがあれこれ言うてくるやもしれぬ」

「違うも何も、それは、おれがその場におらねばわからぬことではないか――」

「おや？」

「何だ、おや、とは――」

「博雅よ、おまえ、ゆかぬつもりなのか」

「ゆ、ゆかぬとは……」

「四条――渡辺元綱殿のお屋敷へさ」

「いや、ゆかぬとは言うておらぬ」

「では、ゆくのだな」

「う、うむ。ゆく――」

「では、そこで確めればよいではないか――」

「むう……」

「ゆこう、博雅」

「う、うむ……」

「ゆこう」

「ゆこう」

そういうことになったのであった。

三

晴明と博雅は、車で出かけた。

四条の元綱の屋敷に到着した時には、もう夕刻になっていた。

人気《ひとけ》の無い屋敷であった。

庭から眺めれば、屋内にはもう、ぽつり、ぽつりと灯火が点《とぼ》されている。

出てきた老爺に案内されて、灯りの点された階段を登ってゆくと、ふいに、家鳴《やな》りがした。

簀子の板と板との合わせ目が、こすれて音をたて、屋敷全体が揺れているようであった。

「これは?」

博雅が、階段の途中で足を止める。

「かまわぬ、ゆこう」

晴明は、驚いている老爺を追い抜いて、階段を登り、屋根の下に足を踏み入れてゆく。

博雅が続いた。

屋敷の天井、梁《はり》と梁との繋《つな》ぎ目が、みしみしと音をたてている。

寝所に入ってゆくと、それに気がついて、

「晴明さま――」

綱之が、こちらを向いた。

その眼が、怯えている。

見れば、夜具の上に、それまで横になっていたと思われる元綱が、上体を起こして晴明と博雅を睨んでいる。

枕元に、灯火がふたつ、点されていたが、それがゆらゆらと激しく揺れていた。

「我が名は、牛丸じゃ……」

元綱の唇が言った。

「ころくじゃ……」

その声が、もう、最初の声と違っている。

「平太じゃ……」

「こがもにござります」

最後が女の声であった。

その頭上で、激しく屋根と梁が音をたてている。

「やってきたのはたれじゃ」

「たれが呼んだ」

「どこぞのくされ陰陽師か」

「たれが来ようと、無駄なこと……」

四人の声が言う。

その声を発しているのは、元綱ひとりである。

その元綱、額に巻きつけていたらしい布がはずれ、首と肩に掛かっている。額が、割れ、血肉が生乾《なまがわ》きの、その凄まじい傷口が見えている。

「わたしが来たことで、事がはやまってしまったようですね」

晴明が言った。

「帰れ帰れ」

「たれが来ようと、我ら、ここから離れぬぞ」

「役たたずの陰陽師め――」

「お帰りなされ」

声が言う。

「早いが、始めよう」

晴明が言うと、

「何を始めようとしているのだ」

「何をやっても無駄と言うたろう」

「我ら、この漢《おとこ》から出ぬぞ」

「未来永劫《えいごう》、憑いてやるわ」

声が話しかけてくる。

「晴明、どうするのだ」

博雅が問うた時には、屋敷全体が大きく揺れていた。

晴明は、懐へ手を入れ、そこから一本の小刀《ちいさがたな》を取り出した。

左手に鞘《さや》を持ち、右手で抜いて、その小刀を床に突きたてた。

突き立てた小刀の柄の尻の部分に、右手の人差し指と中指を当て、

「とくみあらわせくるみのみのわるるがごとくみあらわしせよよきものはよきままあしきものはあしきままそれなればそれのままにとくとみあらわしいたさん……」

低い声で呪《しゅ》を唱えた。

と——

床の下で、なにやら巨大なものが、ずるり、と動く気配があった。

ずるり、

ずるり、

と、それが、床下を動いて庭の方へ移動してゆくようであった。

家鳴りが止んでいた。

いつの間にか、元綱が立ちあがっていた。

ふいに元綱が走り出して、几帳《きちょう》を蹴倒し、その向こうにあった刀を手に取り、刃を引き抜いて、鞘をがらりと捨てた。

止める間もなく、外へ走り出て、庭へ跳び下りていた。

「おのれ、おのれ」

激しくのゝしりながら、元綱は、たれもいない庭で、刀を振り回しはじめた。

「きさまら、主をないがしろにしておきながら、死してなお祟らんとするか。あさましや、あさましや――」

刀を右に左に振りながら、叫んでいる。

晴明は、床に立てた小刀をそのままにして、懐に左手を入れ、紙でできた、二体の人《ひと》形《がた》を取り出した。

その人形に、何やら文字が書かれている。

「急々如律令急々如律令……」

低くつぶやきながら、右手の指先で、その二体の人形を、それぞれひと撫でした。

すると――

ひらり、ひらり、と二体の人形が、晴明の手から離れて床に立った。

立った時には、それはもう、人形ではなかった。

一体は、白い犬になっている。

もう一体は、人であった。

しかも、鎧《よろい》、武具を身につけた武人《ぶじん》であった。

左手に弓を持ち、背に胡籙《やなぐい》を負い、右手に三尖両刃刀《さんせんりょうじんとう》を握っている。

日本国の武器ではなかった。

異国《とつくに》――唐の武器であった。

見ている間にも、武人の方はむくりむくりと身体が大きくなってゆき、八尺に余る背丈となった。

「晴明、こ、これは……」

「玉皇大帝《ぎょくこうたいてい》――天帝の外甥《そとおい》にして、天界の武神、二郎真君《じろうしんくん》殿じゃ」

晴明が言う。

「そちらは、二郎真君殿がいつも連れている哮天犬《こうてんけん》――」

「な……」

と博雅が声を呑み込んだ時には、

「ごう」

と、ひと声吼《ほ》えて、哮天犬が庭に向かって走り出していた。

その哮天犬の後から、ずしり、ずしりと床を踏みながら、二郎真君が歩いてゆく。

その後に、晴明、博雅、綱之が続く。

先に庭へ飛び出した哮天犬が、刀を振り回している元綱の、見えぬ相手のいると思われるあたりに跳びついて、宙に牙を立てた。

すると——

「あっ」

と、博雅が声をあげた。

元綱の眼の前に、長さ一丈はありそうな、黒い大蛇が、その鎌首《かまくび》を持ちあげていたからである。

その光景が、まだ、明るさの残っている天の照り返しと、階段の灯火によって、ほの暗い庭の闇の中に浮きあがった。

その、黒い大蛇は、頭が四つに割れ、そのひとつずつが、人の顔になっている。

そのうちのひとつは、髪ふり乱した女の首である。

「牛丸じゃ」

「こ、ろ、くにござりまするぞ、元綱さま」

「平太じゃ」

「こ、が、もにござりまする」

「元綱さま……」

「元綱さま……」

「元綱さま……」

「元綱さま……」

四つの首が次々に言う。

それへ向かって、元綱は刀を振《ふ》っているのである。

そして——

黒い大蛇の太い胴のところへ、哮天犬がその牙を立てているのである。

二郎真君が庭へ下り、ずしり、ずしりと歩いてゆき、

「むん」

と言って、三尖両刃刀を、大蛇の胴へ突き立てた。

大蛇は、三尖両刃刀によって、地面に貫きとめられて、動かなくなった。

「ええい、憎っくき奴らじゃ、こうしてくれるわ」

動かなくなった大蛇へ、なおも元綱が斬りつけてゆく。

「おやめくだされ、おやめくだされ、父上さま……」

後ろから、綱之が、父元綱を羽交《はが》いじめにした。

おそろしい力で、元綱は、綱之の手を振りはらい、

「なんじゃ、綱之、父の邪魔をするか」

その眼が吊りあがっている。

額からこぼれた血が、その眼にからんでいる。

「そなたも、仇《てき》じゃな……」

呻きながら、いきなり、綱之に斬りつけた。

飛んで逃げたが、その右肩へ、刃が潜り込んだ。

「ち、父上――」

腰をついた綱之へ、なおも、斬りかかろうとする元綱の前に、晴明が立った。

「元綱さま、今、斬ろうとなされているのは、あなたさまの子にござりまするぞ」

晴明が言った。

「おまえも仇か」

元綱が、晴明に斬りかかる。

晴明が、その刃をくぐって逃げると、さらに斬りかかってきた。

「ええい、こうじゃ、こうじゃ」

晴明がよけたところへ、元綱が飛び込んで、刀をひと振り、ふた振り——

その刃が、二郎真君と、哮天犬に触れて、さくり、さくり、と音をたてた。

次の瞬間——

はらり、
はらり、
と、二郎真君と哮天犬が、二体の紙の人形にもどっていた。

ぞろり、
と、大蛇が動いた。

「やれ嬉しや」

「あな嬉し」

「元綱さま……」

「元綱さま……」

大蛇の、四人の人の顔が、にんまりと笑った。

大蛇は、たちまち、元綱にからみつき、その胴をひと巻きすると、そのままずるずる
と屋敷の床下に潜り込んでしまった。

「あわっ」

という元綱の声が床下から聴こえて、あとはそのまま静かになった。

その後、しばらくして、手に松明《たいまつ》を持った老爺がおそるおそる床下に入ってゆくと、ちょうど、寝所の下あたりで、元綱の死体と、頭を四つに裂かれた一匹の黒い蛇の死骸が転がっていたという。

四

闇の中で、ゆっくりと発酵してゆくものがある。

それは、樹の匂いのようでもあり、土の匂いであるようでもあり、水の匂いのようでもあった。

昼の間、あれほど熱気に満ちていた大気がゆるんで、風は、涼しい。

夜の大気の中で発酵してゆくそれは、熟して、やがて秋の気配となってゆくのであろうか。

闇の中で、時おり、
ぎ……

と、蟬が鳴きあげる。

笛の音が、響いている。

闇の中に秋の気配をさがすように、笛の音は、微かに青く光っているようであった。

晴明の屋敷の簀子の上だ。

燈台《とうだい》に灯りをひとつだけ点し、ふたりで酒を飲んでいるのである。

その酒の合い間に、

「笛を……」

晴明が求めて、博雅が笛を吹き出したところであった。

どこをどう生き残ってきたのか、もう季節としてはおそい蛍がひとつ、黄色い光を明滅させながら、闇の中を飛んでいる。

四条の、渡辺元綱の屋敷からもどり、ふたりで酒を飲みはじめたのだ。

ひとしきり吹いて、博雅は笛を置いた。

博雅は、庭を見やり、

「あれで、よかったのかなあ、晴明よ……」

ぽつりと、つぶやいた。

晴明は、すぐには答えなかった。

杯を持ちあげて、紅い唇に酒を含んで、それを飲む。

「ま、生きるということは、そういうものなのであろうさ……」

己れに言いきかせるように言った。

「たれもが、死にのぞんで、望むような結末をむかえられるものではない——」

そう言ってから、

「おれもな……」

小さな声でつぶやいた。

「元綱殿が亡くなったのは、晴明よ、ぬしのせいではない――」

博雅の声は、優しかった。

「わかっているさ……」

晴明が、空になった杯を置いた。

「ところで、ひとつ、訊きたいことがあるのだが……」

博雅が言った。

「なんだ」

「おまえが、あの屋敷の妖物を、蛇精のものと見たてたのはよいが、何故、二郎真君であったのだ？」

「そのことか」

「うむ」

「二郎真君と言えば、妖物を退治する神ぞ。しかも、得意とされているは、蛟《みずち》退治じゃ」

「ほう」

「蛟退治は、二郎真君じゃな」

「しかし、それが、蛟とわかったのは――」

「元綱殿が、裂いた蛇、黒くて、額のあたりが何やら膨らんでいたと、綱之殿が言うていたではないか。あれは、百年生きた蛇が、角を生やして、蛟となる、ちょうどそのかわり目の時の印《しるし》よ――」

「ふうん」

「で、あのあたりをさまようていた、殺された四人の怨霊《おんりょう》が、死んだ蛟に憑いて、その力をかりて、元綱殿に、仇《あだ》をなさんとしたものであろう……」

「よほど、くやしかったのであろうなあ」

博雅は、空になっていた杯に、瓶子を手にとって自ら酒を注いだ。

「いくら、二郎真君を移したと言うても、所詮は紙じゃ。妖物には効いても、本物の刃で切られては、あのようになってしまう……」

「うむ――」

と、うなずいて、博雅が酒を飲む。

杯を乾して、それを置きながら、

「晴明よ……」

博雅が言った。

「なんだ」

「いずれ、秋になる……」

「うむ」

「いつまでも、夏であるというわけにもゆくまいよ、おれたちもなあ……」

「そうだな」

晴明はうなずき、

「博雅よ」

そう言った。

「どうした？」

「もう一度笛を――」

そう言った。

「わかった」

博雅は、再び葉二《はふたつ》を手にとって、静かにそれを吹きはじめた。

嚠々《りようりよう》と笛が響く。

闇の中に、すでに秋の気配があった。

嫦娥《じょうが》の瓶《へい》

秋の虫が、鳴いているのである。

邯鄲《かんたん》。

草雲雀《くさひばり》。

松虫。

鈴虫。

様々の秋の虫が、秋草の中で、あるいは樹の枝の中で、りんりんと、あるいはるりるりと、またあるいはころころと、鳴いているのである。

晴明《せいめい》の屋敷の庭は、秋の盛りであった。

夜――

簀子《すのこ》の上に座して、晴明と博雅《ひろまさ》は、その虫の音を聴きながら、ほろほろと酒を飲んでいるのである。

どうかすると、また夏がもどったかと思われるような日もあったりするのだが、夜ともなれば、涼しい風が吹き、それが、秋の気配を運んでくるのである。

庭は、さながら秋の野であった。

風草《かぜくさ》。

龍胆《りんどう》。

女郎花《おみなえし》。

桔梗《ききょう》。

秋の草と花が、そこかしこに生え、咲き乱れている。

灯火を、ひとつだけ点《とぼ》している。

見あげれば、軒《のき》の先の中天に、月が光っている。

その月の光を杯に受け、満たし、それと酒とを一緒に口に運ぶのである。

ほのかに月の香りのする酒であった。

酒の香りの中に、いつもと違う、青い透きとおった匂い——あると思えばあり、ないと思えばない、それほどわずかで幽《かす》かな香りである。

杯が空になれば、傍にひかえた蜜夜《みつよ》が、瓶子《へいし》を手にとって、その杯に酒を注ぐ。

博雅は、空になった杯を簀子の上に置いて、

「どうなのだ、晴明よ」

そう言った。

晴明は、ほんのりと薄紅《うすあか》い唇に含んでいた酒を飲んでから、

「何がだ、博雅よ」

逆に訊ねた。

「月だよ。月はもう、欠けたか？」

蜜夜が酒を満たした杯を手に取り、博雅は天を見上げた。

満月が、青く、銀色に光っている。

「じきじゃ」

晴明が言う。

「その答えは、これでもう三度目ぞ。じき、じきと言うて、そのじきがなかなか来ぬではないか――」

「来るさ」

「だから、それが、いつかと訊ねているのではないか――」

「じきさ」

晴明は、杯を下ろして、月を見あげた。

「晴明よ、おれもな、月の蝕《しょく》は、これまでに何度か見たことはある。しかし、それは、

起こってから気づくのだ。あらかじめ、月の蝕がいつ起こるかなぞ、わかるのか──」

「それが、わかるのだよ」

「天文博士のおまえが言うのだから、他の者が言うのとは、口にするものの重みが違うのはわかるのだが、それにしても、月が翳《かげ》って暗くなるというのが、あらかじめわかるというのは不思議なことなのではないのか──」

「月の蝕というのは、もちろん不思議なできごとなのだが、それがいつ起こるのかわかるというのは、不思議なことでも何でもないのだ──」

「ほう？」

「たとえば、日だ」

「日？」

「うむ」

「それがどうしたのだ」

「今、日は、地の下に隠れて見えぬが、明日の朝にはまた天に昇ってくると我らはわかっているではないか──」

「あたりまえではないか。朝《あした》に日が昇り、夕《ゆうべ》に日が沈むというのは、これは皆の知るところじゃ──」

「だから、月の蝕も、同じことだとおれは言うていているのさ──」

「ふうん……」

「博雅よ、笛を吹いてくれぬか――」

「それはかまわぬが――」

「ぬしの笛を月に添えれば、一曲、二曲、吹き終るまでには、蝕は始まっているであろうよ――」

晴明は言った。

「わかった」

博雅はうなずいて、杯を置き、懐へ右手を入れて、葉二《はふたつ》を取り出した。

いつぞや、博雅が、朱雀門《すざくもん》の鬼と笛を吹きあったそのおりに、自分の笛と鬼の笛とを取りかえたことがある。その時手に入れた、鬼の笛が、この葉二であった。

吹きはじめた。

葉二から、光る瑠璃《るり》のような細い糸が滑り出てきた。

その音の糸が、月光の中でさらに輝きを増し、その色を青く変化させてゆく。その音が、月光を浴びながら天に昇ってゆく。この世に生じたばかりの幼き龍が、月光の中を昇天してゆくのを見るようであった。

博雅の笛の音《ね》の優れているのは、まるでその音《おと》がかたちをもち、色を持っているかのように見えてくることである。

「よきかな……」

晴明が、うっとりとした声をあげる。

聴く者の魂がほどけて、夜の大気の中に溶けてゆくようであった。

しばらく眼を閉じてその音を聴いていた晴明は、眼を開き、

「おう……」

低く声をあげた。

「始まったぞ、博雅」

その声に、笛を吹きながら、博雅が顔をあげる。

月が、欠けはじめていた。

「なんと……」

月の端が、わずかながら翳っている。

博雅は、葉二を唇からはずし、その光景に眼を奪われていた。

「本当であったのか……」

博雅がつぶやいた。

「しかし、どうしてこのようなことがおこるのだ」

「それはな、博雅よ。日が、この地の向こう側に落ちて、天にその地の影を伸ばしてるところへ、月が入ってゆくからさ——」

「なに?」

「日が作ったこの地の影が天に伸びている。その影が、月を喰《く》ろうているのさ」

晴明の言葉に、博雅は一瞬きょとんとなったものの、すぐに真顔になって、

「晴明よ。おれには、おまえが何のことを言うているのか、さっぱりわからぬ。わからぬが、しかし、これはなんとも心の絃《いと》の震える光景じゃ……」

うっとりとした顔で、溜め息をついた。

晴明が、

「おや?」

天上から地上へ視線を移したのは、その時であった。

「どなたか、お見えになったようだぞ」

晴明が言うと、

「見てまいりましょう」

蜜夜が立ちあがって、庭へ降りた。

門のある方へ姿を消し、ほどなく、人をひとり連れてもどってきた。

やってきたのは、まだ、十代の若者であった。

「道長《みちなが》でござります。お久しゅう」

その若者が頭を下げた。

藤原道長《ふじわらのみちなが》――

藤原兼家《かねいえ》の息子であり、晴明、博雅とは顔見知りの間であった。

「かような夜分《やぶん》に、何用でござりますかな」

晴明が言うと、

「父兼家からの、今宵《こよい》晴明さまをお呼びしてまいれとの申しつけにござります」

「ほう？」

「急ぎの用にござりまして、もしもお休み中であっても、何としても何としても、お連れもうしあげよとのことにて、こうしてやってきた次第にござります」

道長、色白で、頬が微かに紅い若者である。

歳に似合わず、素振りや立居ふるまいが落ちついているのだが、その道長が、息を荒くし、頬を常よりも紅くしているのは、よほどの火急《かきゅう》のことと思われた。

「何事ですか？」

晴明が問えば、道長は、次のようなことを語ったのである。

二

半月ほど前――

一羽の兎《うさぎ》を捕えたのだという。

兼家の屋敷の西の一角に、小さな観音堂がある。

高さ一尺半ほどの、玉《ぎょく》でできた観音菩薩を祀っている堂であった。

夜——

兼家が眠ろうとしているところへ、何やら物音が聴こえてきた。

何かを引っ掻くような、齧《かじ》るような音だ。

うかがってみれば、それは庭から聴こえてくる。

新月のこととて、月はなく、闇の中で何かが、しきりとその物音をたてているのである。

観音堂のあたりから、それは聴こえてくる。

「見てまいれ」

兼家に言われて、屋敷の者がふたり、松明《たいまつ》を持って観音堂へ近づいていった。

音は、観音堂の床下から聴こえてくる。

しゃがんで、床下へ松明を差し入れて、様子をうかがおうとしたところ、いきなり床下から何かが飛び出してきた。

「わっ」

と叫んで、ひとりは松明を取り落とし、仰向けに転んだのだが、もうひとりは気丈な男で、飛び出してきたその何かに跳びついて、それを抱きかかえた。

捕えたそれをよく見れば、それは、一羽の兎であった。

観音堂の床下に、巣でも作ろうとしていたのであろうと、常のことであればただそれだけのことで済んでしまうのだが、そうはならなかった。

というのは、その兎、全身が黒い毛に覆われていて、炭のように真黒であったからである。

「これは珍らしや」

さっそく、兼家は、この兎を屋敷で飼うことにした。

その晩は、桶の中にその兎を入れ、翌日、竹で編んだ大きな籠を作らせて、その中に入れた。

ところが――

奇妙なことが起ったのである。

その黒い兎の毛の色が、日を追うごとに変化しはじめたのである。

捕えた翌日、籠の中に入れる時に見たら、右前肢《まえあし》と後肢《あとあし》、その先あたりの毛が、白くなっていたのである。

それも、ごくわずかであったので、夜に捕えた時には、そうと気づかなかったのであろうと思っていたのだが、その翌日、さらにその毛の白い部分が広がっていたのである。

三日目、四日目とさらに白い部分は広がってゆく。

七日目あたりは、もう、身体の右側半分の毛が白くなり、さらにそれが進んで、ついに昨日には、身体のほとんどの毛が白くなってしまった。

籠の中に、抜けた毛が落ちているわけではないので、黒い毛と白い毛が生え代っているわけではない。黒い毛が白く変色しているのである。

「まことに、奇異なる兎じゃ。これが、凶兆か瑞兆《ずいちょう》かは知らぬが、このような兎、他におるまい」

珍らかなるものの好きな兼家はそれを喜んでいたのだが、困ったことがあった。

兎が、どのような餌を与えても食わぬことと、日を追うに従って、凶暴になってゆくことである。

爪で、竹の籠をばりばりと掻き、その歯で竹を嚙むのである。

やがては、歯をむき、獅子などの獣の如くに唸るようになった。

そして、今日は、なんと、人語をしゃべったというのである。

今日の昼、

「おい、兼家。おい、兼家――」

そう呼ぶ声がした。

兼家の屋敷には、兼家のことをそう呼ぶ者などはいない。

声のする方へ行ってみたら、簀子の上におかれた籠の中に、二本足で兎が立ちあがっ

ていて、兼家を睨み、怒ったような声で、

「おれをここから出せ」

そのように、兎が言ったというのである。

家の者を呼んだ。

その家の者たちが囲んで見守る中で、

「もう、刻《とき》がないのじゃ。おれをここから出せ。出さねば、たいへんなことになるぞ」

兎が言う。

間違いない。

やはり、兎が人の言葉をしゃべっている。

「何を言うておるのじゃ、たいへんなこととはどういうことじゃ」

兼家が問えば、

「おれがもどらねば、我が主《あるじ》がお怒りになる。お怒りになれば、この天地がたいへんな騒ぎになるということじゃ――」

「何をおおげさなことを言うのじゃ。人の言葉を口にするなど、ただの兎でないのはわかる。しかし、それほどの籠からも逃げられぬとは、妖魅《ようみ》の類としても、たいした力を持ってはおらぬということじゃ。出すものか――」

兼家が言えば、

「ううぬ、ううぬ」

と、兎が唸る。

歯をがちがちと鳴らす。

見ていて、なかなか怖い。

「そのうち、放してくれるかと今日まで待ったが、その様子がないので、こうして声をかけたのだが、兼家、後悔するなよ」

「するものか」

と言ってはみたものの、兼家も怖い。

だから、放してやってもいいのだが、放してやったあげくに、祟《たた》られたりするのであっては、なお、怖い。

「主とは誰じゃ」

問われて、

「言えぬ」

と、兎が言う。

「なれば出さぬ」

兼家が言うと、

「むうむ。むむむう……」

兎が唸る。

そして、夕刻頃——

「晴明を呼べ」

兎が言い出したというのである。

「土御門大路《つちみかどおおじ》に、安倍《あべの》晴明という陰陽師がいるであろう。晴明を呼べ。晴明にならば話してもよい」

「この兼家では駄目か」

「おまえではわからぬ」

「なに⁉」

兼家は、憤慨して、

「この兼家ではわからぬというのか」

そう言った。

「わからぬから晴明を呼べと言うておるのじゃ——」

兎も譲らない。

夜になって、月が出た。

満月である。

兎は、籠の中で全身の毛を逆立て、ごうごうと、獅子のように吼《ほ》えはじめた。

「晴明を呼べ、呼ばねば喰い殺すぞ！」

兎が、籠の中で叫ぶ。

叫ぶたびに、ふわり、ふわりと兎の入った籠が宙に浮かぶにおよんで、さすがに兼家、おそろしくなって、

「晴明を呼べ」

と、道長に命じたというのである。

三

「なるほど、そういうことでござりましたか――」

晴明が言えば、

「すでに、車の用意はしてきております。このまま、博雅さまともども、当屋敷に足をお運びいただくわけにはゆきませんでしょうか――」

道長が言う。

博雅を見やり、

「そういうことじゃ、どうなされますかな、博雅さま――」

晴明は言った。

「むうむ……」

と、博雅が唸れば、

「参りまするか?」

重ねて晴明が問う。

「むむ――」

「参りましょう」

「わ、わかった」

博雅はうなずき、

「ゆこうか、晴明――」

そう言った。

「参りましょう」

「うむ、参ろう」

そういうことになったのであった。

四

すでに、蝕は進んでいた。

月は、半分以上も影に呑み込まれ、色が赤みを帯びている。

その赤い月の下を、牛車はほとほとと進んでゆくのである。

「なあ、晴明よ——」

牛車の中で、博雅は、しきりと晴明に声をかけてくる。

「教えてくれ。道長殿の話を聴いて、おまえには何か思うところがあったのであろう」

「なくはないが……」

晴明は、素っ気ない。

「あるのだろう」

「あると言えば、ある……」

「ならば、それをこのおれに教えてくれてもよいではないか——」

「うむ」

とうなずきはするが、晴明はその思うところを口にしようとしないのである。

「晴明、もったいぶるというのは、いつものおまえの悪い癖だ」

「別に、もったいぶってはおらぬ」

「もしそれを口にして、違っていたらみっともないというのだろう」

「いや、みっともないなどとは、言うたことはない」

「ある」

「ない」

「ならば、言うてもよいではないか。これまで、おまえがもったいぶった時に、口にしなかったことがはずれていたということはなかったはずじゃ。それをおれに教えてくれ」

博雅が言う。

狭い車の中である。

晴明も、逃げるに逃げられない。

「そうさなあ……」

晴明はつぶやいた。

「おう、言うてくれるのか」

「おまえの期待に沿えるかどうかはわからぬが、羿《げい》公の話をしてやろうか――」

「羿公?」

「羿公を知らぬか?」

「知らぬ。教えてくれ――」

「唐の国のお方じゃ」

「ほう?」

「唐の国と言うても、まだ、唐という国もできぬ古い昔のことじゃ……」

「うむ」

「唐よりもはるか昔、帝俊《ていしゅん》という帝がいて、羲和《ぎか》という妻がいた……」

そうして、晴明はその話を静かに語りはじめたのであった。

五

帝俊と羲和の間には、十人の息子である火烏《ひのからす》がいた。

この息子たち、それぞれが太陽であった。

つまり、太古において、太陽はひとつでなく十あって、朝になると、この太陽が東の空に次々にあがってきて、日照りが続き、地面は焼けただれ、作物も全て枯れ果て、人々はおおいに困っていたというのである。

もともとは、それでもひとりずつ順にということであったのだが、それが、堯《ぎょう》という皇帝の時、いっぺんに空にあがるようになって、たいへんなこととなってしまったのである。

それで、堯は、羿を召して、空にある十の太陽のうち、九つまでを射落とすように命じたのである。

羿は、弓の名人であった。

堯から言われた仕事をなしとげ、九つの太陽をみごとに射落としてひとつにしてしまったのである。

しかし、おさまらないのは、子を殺された上帝である。

上帝は、羿とその妻を神籍から抜いて、ただの人間にしてしまったのである。

これによって、羿も、その妻も、不老不死ではなくなってしまった。

それで、羿は、崑崙山《こんろんさん》まで出かけてゆき、そこに住んでいる西王母《せいおうぼ》から、不老不死の薬をもらったのである。

水瓶に入れられたその薬、二人で分けて飲めば、人間として不老不死となるだけであったが、ひとりで全部飲んでしまうと、不老不死になるだけでなく、再び天に昇って神となることができる。

妻は、羿を裏切って、この薬をひとり占めしようと考え、薬を持って逃げ出した。

再び天にもどろうかと考えたのだが、そこには知り合いもいれば、西王母もやってくる。

それで、妻は月へ逃げて、この霊薬を全部ひとりで飲んでしまい、そこで暮らすようになったというのである。

六

「まあ、そういう話なのだが――」

晴明は、牛車の中で博雅に言った。

「いやわかった。そういう古い物語があるというのはよい。だから、それが、今度のこと、どのような関係があるのかと、それを教えて欲しいのだよ、晴明――」

博雅は言った。

「残念だな」

「残念？」

「どうやら、車が、兼家殿の屋敷に着いてしまったようだ」

晴明が言い終えた時には、すでに牛車は停まっていた。

「どうぞ——」

と、外から道長の声がかかった。

晴明と博雅が牛車を下りると、すでにそこは、兼家の屋敷の門の中であり、兼家自身がふたりをむかえるため、牛車の横に立っていたのである。

兼家自身が、このように人を出むかえることなど、めったにないことであった。

「おう、晴明、よう来てくれた」

兼家は、ほっとしたような声で言った。

「博雅殿もわざわざ御足労いただき、まことに恐縮——」

頭上では、すでに、すっかり月が蝕に入って、赤い不気味な色に染まっている。

晴明たちがやってくるのを承知してのことか、周囲には松明を持った男たちが並んでいる。

「道長から、おおよそのことは聴いていると思うが、まあ、そういうようなことなのじや――」

兼家は、そう言いながら、晴明たちふたりをうながすように、もう、先になって歩き出している。

これもまた、めったにあることではない。

よほど、兼家は気が急《せ》いているのであろう。

そのまま庭を歩いてゆくと、篝火が大きく焚かれている場所があって、そこに、竹で編んだ、大人の腕でふた抱えはありそうな籠が置かれていた。

「あれじゃ、晴明」

近づいてゆくと、籠の中に、なるほど、一羽の兎が入っている。

その色は、黒でもなく、黒と白でもなく、白でもなかった。

赤い色をしていた。

それは、白い毛が、炎の色を受けて赤く見えているというのではないのは、すぐわかった。兎の身体を包んでいる毛皮そのものが、赤くなっているのである。

「なるほど……」

晴明が、近づいてゆくと、籠の中の兎がそれと気づき、なんと、二本の足で立ちあがっていた。

「晴明、おまえか。おまえさまが、安倍晴明殿か――」

兎が、まぎれもない人の声で言う。
晴明は、籠の前に立ち、口を開いた。
それは、詩であった。
晴明は、唐の言葉で、詩を吟じはじめたのである。

雲母屏風燭影深
長河漸落暁星沈
嫦娥応悔偸霊薬
碧海青天夜夜心

雲母《うんも》の屏風《びょうぶ》燭《しょく》影深《えいふか》し
長河《ちょうが》漸《ようや》く落ち暁星《ぎょうせい》沈《しず》む
嫦娥《じょうが》応《まさ》に悔《く》ゆべし霊薬《れいやく》を偸《ぬす》むを
碧海《へきかい》　青天《せいてん》　夜夜《よよ》の心《こころ》

それを耳にして、兎はその両眼からはらはらと大粒の涙をこぼした。
「おう、それは……」

涙をぬぐおうともせず、

「ああ、晴明さま、それは、李商隠の『嫦娥』の詩。いらっしゃるなり、その詩を口になさるとは、もう、何もかも御存じなのですね」

「何もかもではありませんよ、玄兎《げんと》殿……」

晴明は、優しい声で言った。

「ああ、なんと。なんと素晴しいお方じゃ。晴明さま、あなたをお呼びすることを思いついて、本当によかった……」

兎が言うと、

「せ、晴明、何じゃ。何の話をしておるのじゃ。わしには、何のことやら、まるでわからぬぞ……」

兼家が言った。

「こちらは、月に棲《す》む玉兎《ぎょくと》殿でござります」

晴明が言った。

「な……」

と、声をあげたが、兼家、その後の言葉が続かない。

「新月の晩に黒く、月が満ちるに従って、だんだんと毛なみを白くさせてゆき、しかも、人の言葉まで語る。これはもう、玉兎殿をおいて他にこの世にはおりませぬ……」

「何のことを言っているのだ、晴明よ？」

博雅が問う。

「新月に合わせて、毛なみの黒き時は、玄兎、白くなれば、玉兎、いずれも同じお方の名前にござりまするぞ、博雅さま――」

晴明は、兼家に向きなおり、

「兼家さま。この竹籠を開けて、玉兎殿を出してさしあげてかまいませんよ」

そう言った。

「な……」

「さあ」

晴明にうながされ、

「あ、開けよ――」

兼家が言うと、道長がやってきて、腰に差していた小刀《ちいさがたな》を抜いて、ざくり、ざくりと籠の竹を切った。

すると、中からたちまち兎が這い出てきて、

「おかげさまで、ようやっと自由になれましたぞ、晴明さま――」

晴明に向かって頭を下げた。

「普通の樹は、陽を浴びて育ち、竹は月を浴びて育ちます。月からこられた方を竹でお

包み申しあげれば、竹が育ち、そこから出られなくなるは、必定《ひつじょう》――」

晴明は、博雅に説明するように言った。

「竹取りの翁の物語にもございますように、こちらから竹を切って、中のお方が外へ出られるようにしてさしあげねばなりませぬ――」

「その通りにございます。月満ちて、満月ともなれば、もっと力も強く、このくらいの檻を破るのはわけもございませぬが、それがまさか竹で編んだ籠であったとは、思わぬ不覚にございましたなあ……」

「それよりも、こちらにいらっしゃったのは、いかなる理由《わけ》でございましょうか」

晴明が問うと、

「おう、それそれ、そのことでございます」

言った玉兎の毛なみは今は赤く染まって、血のような色をしていた。

月蝕の月の色が、そのまま玉兎の毛の色になっているらしい。

「実は、晴明さまなれば御存知と思われますが、羿さまの奥さまでいらっしゃる嫦娥さまが、不老不死の霊薬を持って月にいらっしゃったのが、こちらの時で言えば一千数百年前――」

玉兎が言うと、博雅が、

「お、おい、晴明、おまえが言うていたあの話ではないか――」

晴明の耳元に口を寄せてそう言った。

「そのようだな」

晴明がうなずく。

「以来、嫦娥さま、その不老不死の霊薬をあらたに作ろうとしておりまして、わたくし、杵《きね》で薬草を搗《つ》いて、ずっとそのお手伝いをさせていただいておりました……」

玉兎が言う。

「今度《こたび》、その霊薬が、ようやっとできあがることとなりました。その霊薬、最後に混ぜねばならぬのが、この月蝕の時に生ずる赤き光より取りいだしたる、光のひとしずく。作ってすぐに瓶に収めねば、その効能、たちまち失われてしまいます。それで、月の宮なる広寒宮《こうかんきゅう》の棚に置きたる螺鈿《らでん》の文箱より、西王母さまよりこの霊薬をいただいたおりに使われていた瑠璃《るり》の瓶を取り出し、それを磨こうとしたところ、思わず、わたくしそれを取り落として割ってしまったのでござります」

「なんと……」

と、声をあげたのは、兼家である。

「たいへんなことをしてしまいました。不老不死の霊薬を入れる瓶でござりますれば、ただの瓶でよいというわけにはまいりません。それなりの霊力を持ちたる瓶でなければ、入れた途端に、やはり、その霊力、たちどころに失われてしまいます。どうしたものかと思案しておりましたところ、たまたま月が、この国の上にさしかかって、見つけたのが、兼家殿の、あの観音堂でござります。月の光を、屋根の透き間より差し入れて、覗いてみれば、中に玉の観音菩薩の像が安置されていて、しかも、その手に、瑠璃でできた水瓶を持っていらっしゃいます。しかも、この菩薩も水瓶も、唐で作られた古きもの——」

「そうじゃ。この菩薩、その昔、空海和尚《くうかいわじよう》とともに、遣唐使船にて唐まで出かけて帰ってきた、藤原葛野麻呂《かどのまろ》さまが、唐より持ち帰って、今は、我が家に伝えられている重宝ぞ——」

これは、兼家が言った。

「これはちょうどよきものが見つかったと思いました。観音菩薩が、千年手にしていた水瓶ならば、これ以上ふさわしきもののあろうはずがござりませぬ。それで、新月の晩を選んで、見つからぬように地上へ降り、床下より床を破って堂に入り、水瓶を手に入れようとしていたところ、見つかって捕えられ、しかも、竹籠の中《うち》へ入れられてしまったというわけにござります」

「ならば、何故、これこれこういうわけじゃと、あの時言わなんだのじゃ」

兼家が言う。

「床下から這い出てきて捕えられたわたくしめが、そのようなことを言うたとて、信じましょうか。不気味に思われ、殺されてしまうか、煮て食われるか──それよりも、月蝕の晩までは、逃げ出す隙もあろうかと思うていたのですが、ついにこの日となり、いよいよ時も失くなって焦《あせ》っていたところ、思い出したのが、天界にも聴こえている安倍晴明さまの御名前《おんなまえ》──」

「なるほど、そういうことでありましたか──」

ここで、晴明がようやくうなずいた。

「兼家さまには、無断で、貴重なる水瓶を持ってゆこうなどと、つまらぬ考えを起こしたこと、申しわけございませぬ。そして、晴明さまにはありがとうございました──」

と言って天を見あげた玉兎は、

「ああ──」

と、声をあげた。

蝕の時が終りかけている。

月の端が、もう、もとの月の色にもどって輝きはじめていた。

「お願いでございます。こうなってしまっては、他に、霊薬のよき入れものを捜している時がございませぬ。どうか、このお屋敷にあるあの水瓶を、わたくしにおかし下されませ、兼家さま──」

玉兎が頭を下げる。

「もし、おかしいただければ、その礼をさしあげましょう」

「礼？」

「毎年、この秋の時季に搗く、月の餅をさしあげましょう。餅《へい》と瓶《へい》との交換ということでいかがでございましょう。月の餅、不老不死とはゆきませぬが、一度食すれば、一年の間は、無病息災——瑠璃の瓶のかわりとしては、広寒宮にございます、黄金の瓶をあらためてお持ちいたしましょう——」

「わかった」

兼家はうなずいた。

「我が家に伝わる菩薩の瓶、月の餅と交換しようではないか——」

「ありがとう存じます」

玉兎が、悦《よろこ》びの声をあげた。

さっそく兼家が、自ら観音堂を開き、観音菩薩の手から水瓶をはずして持ってきた。

それを差し出すと、玉兎は嬉しそうにその水瓶を抱え、

「急ぎますれば、早々に失礼いたします。晴明さまには、まことにありがとう存じました。晴明さまがいらっしゃらなければ、こうして水瓶を手にして月に帰ることなどできなかったでしょう……」

何度も頭を下げた。

「おむかえが来たようですね」

晴明がそう言って眼をやると、庭の草の暗がりの中に、大きな蟾蜍《せんじょ》——蛙がうずくまっていた。

「それでは——」

玉兎は、水瓶を抱え、いそいそとその蟾蜍にまたがった。

ぐえ……

と、ひと声低く鳴くと、のそりと蟾蜍が足を踏み出した。

草の中から、宙へ——

蟾蜍が、歩きながら、ようやくもどってきつつある月の光の中を、天へ昇ってゆく。

「ありがとうござりました。事がすみましたら、礼の品、必ず、必ずお届けいたしまするぞ……」

その声が、高い天から降ってきたのが、最後であった。

それきり、小さくなって、蟾蜍の姿も、玉兎の姿も見えなくなった。

約束の品が届けられたのは、それから三日後の朝であった。

兼家の屋敷の門の前に、盆に載せられた月の餅と、黄金の水瓶が置かれていたのである。

そして——

晴明と博雅の屋敷の門の前には、やはり盆に載った月の餅が置かれていたのである。

道満月下《どうまんげつか》に独酌《どくしゃく》す

一

道満《どうまん》が座しているのは、巨大《おお》きな楓の古木の下であった。

大人ふたりが、胸の高さで両腕を伸ばして幹を抱えようとしても、まだ長さが足りない。

どうして、山中にこのような楓の古木があるのかわからない。

山中であるからこそあるのか。

普通、山中では周囲の樹々に養分を奪われて、大木となるにしてもここまでの大きさにはならない。

が、逆に、この楓が養分を奪ってしまうためか、周囲には樹がまばらで、この楓の生えるあたりだけ、森の中に天から月が降りてくる場所を作っているのである。

晩秋であった。

頭上に被《かぶ》さった紅葉《もみじ》が、風もないのにはらはらとしきりと落ちてくるのである。

その楓の根元に、道満は座している。

太い根が二本、道満の左右に這っていて、道満は、その二本の根に抱えられているようにも見えた。

夜──

見あげれば、色づいた葉の間に、きらきらと星が光っているのが見える。

火を焚いている。

枯れて落ちた枝と、枯れ葉を燃やしている。

落ちたばかりの葉は、まだ枯れてはおらず、水気を多く含んでいる。道満が、火の中にくべているのは、しばらく前に散った葉だ。

湿った土の匂い。

枯れきる前の落葉の匂い。

これから朽ちてゆくものと、その下にあるすでに朽ちたものの匂いとが合わさって、山の刻《とき》の中にそれが溶けてゆく。山の中には、そういった過去からの刻が幾重にも重なって、それが、山の香りの中に混ざっているのである。

道満は、その古い山の刻を呼吸しながら、酒を飲んでいる。

焚火の横の土の上に、酒が一升ほどは入っていそうな瓶子《へいし》を置いて、その中の酒を土器《かわらけ》の杯に手酌で注いでは、それを飲んでいるのである。
すでに、酒は、道満の骨まで染み込んでいる。
道満の顔は、どこか、淋しげで哀しそうであった。
杯を口に運び、それを乾してから、
「ふふん……」
と、小さく息を吐いたりする。
月を見あげた。
楓の梢越しに、月が光っている。
これから、中天に昇ってゆく月だ。
道満は、月に向かって、
「ほう」
と、声をあげた。
「ほうっ」
二度ほど声をあげ、また、空になった杯に酒を注ぐ。
それを口に含んだところで、
かさり、
と、向こうの藪で音がした。

藪の中から、黒い小さな獣が出てきて、かさかさと落葉を踏んで、道満の前に二本足で立った。

一匹の萱鼠《かやねずみ》であった。

「お呼びになりましたか」

それが言った。

ちちちちち、
と鳴いているだけのようにも聴こえるが、よく聴けば、確かにそのように言っている。

「たいくつじゃ、舞え……」

道満は、空いた杯に酒を注ぎながら言った。

「承知いたしました」

萱鼠はうなずき、

「しかし、舞うのであれば、楽《がく》の音《ね》が欲しゅうござりますな」

そのように言って、
ちぃい〜〜〜い、
ちぃい〜〜〜い、
白い尖った歯を見せて、鳴きあげた。

かさり、

かさり、
と、音がして、さらに七匹の萱鼠が出てきて、道満の前で、二本足で立った。

いずれも、頭には被りものをしている。

よく見れば、それは、どんぐりのへたであった。

中身を抜いて穴をあけたどんぐりの殻を手にしているのが二匹。

実の失くなった栗の毬《いが》を持っているものが二匹。

細い草を持っているものが二匹。

中身を食べてしまったのか、空になった栗の実を持っているものが一匹。

この間に、最初の萱鼠が、二枚の楓の赤い落葉の茎《くき》の部分を結んで、その葉の一枚ずつに歯で穴をあけ、その穴に左右の手を通して、それを身に纏《まと》っていた。

赤き衣《きぬ》を着たとの見立てである。

すでに、七匹の鼠は、空のどんぐりを両手に持ち、栗の毬を地に置き、細い草を口にあて、空の栗の実を土の上に置いて両手に細く小さな枯れ枝を握っていた。

「では、つとめましょう」

最初に出てきた萱鼠が言った。

栗の毬を前にした二匹の鼠の手が伸び、それぞれ一本の毬に爪を引っかけ、ひいた。

ころん、

びおん、
と、毬が震えて鳴った。
ころん、
びおん、
そこへ——
ひゅう……
と、草笛が鳴った。
てん、
てん、
と、鼠が枯れ枝で空の栗を叩く。
ぴゅう……
ぴゅう……
二匹の鼠が、どんぐりを吹きはじめた。
ころん、
びおん、
ひゅううう、
てんてん、

てんてん、

ぴゅううううう、

ぴゅううううう、

赤い紅葉の衣を着た鼠が、舞いはじめた。

腰を落とし、足を踏み、小手を翻えし、右転し、左転しながら首を傾け、身をひねり、鼠が舞うのである。

「もう少し、賑やかな方がよかろうかな……」

道満は、杯に酒を足し、その酒を土の上に撒《ま》いた。

杯を置き、右掌《みぎて》を土に当て、

「おんいでやらめやらいでめひきむしたけむしもろもろのいきあるものたちよふーむ」

何やらの呪《しゅ》を唱えた。

すると——

焚火の周囲の土の表面が、あちこちで、もこり、もこりと動き出した。

土の中から、何匹もの蟾蜍《ひきがえる》が這い出てきたのである。

蟾蜍たちは、それぞれにそこらに落ちている赤や黄色の落葉を頭に載せ、二本足で立ちあがり、萱鼠に合わせて舞いはじめた。

さらに——

周囲の森の中から、赤き烏帽子《えぼし》を頭に乗せて、白き衣を纏った女たちが何人も現われて蟾蜍たちに混ざって踊り出したのである。

どんぐりの笛、栗の毬の琴、草笛、栗の鼓《こ》、楽の音に合わせて、火の周囲をまわりながら、そのあやしのものたちが踊る。

「道満さま、唄をめされませ」

萱鼠が言った。

一瞬、はにかんで、

「なれば、唄うかよ……」

この漢《おとこ》にしては、珍らしく、声に出して、唄いはじめた。

〽月も仮寝《かりね》の露《つゆ》の宿
月も仮寝の露の宿
物のさびしき秋暮れて
なおしおりゆく袖《そで》の露
身をくだくなる夕まぐれ
心の色はおのずから

千種《ちぐさ》の花に移《うつ》ろいて
衰《おとろ》うる身のならいかな

低い、さびさびとした声であった。
その声が、月夜の森の中を渡ってゆく。
道満の老いた眸《め》に、微かに涙が滲んでいるようにも見えた。

〽森の木枯《こがらし》秋更《ふ》けて
森の木枯秋更けて
身にしむ色の消えかえり
思えば古《いにしえ》を
何《なん》と忍《しの》ぶの草衣《くさごろも》
来てしもあらぬ仮の世に
行き帰るこそ恨《うら》みなれ
行き返るこそ恨みなれ

道満が唄い終えた時、眼の前に、青い唐衣《からころも》を身に纏った女が立っていた。

「おう、きやったか、きやったか、日女《ひめ》よ……」

「お久しゅう……」

女が言った。

いつの間にか、楽の音は止んで、萱鼠の姿も蟾蜍たちの姿もない。

ほろほろとこぼれてくる月の光の中に、その女が立っているばかりである。

「泣いておられましたか、道満さま……」

「ばかを言え、このおれが今さら泣くものかよ。この天地のこと、ことごとく見てきた道満ぞ――」

にいっ、と道満が笑うと、

「でございましょうなあ……」

女が、ほんのりと微笑した。

月が、ちょうど中天に昇っている。

「酒の相手を……」

道満が言った。

「はい……」

女が近づいてきて、道満の横に座った。

女は、瓶子を手にとり、

「では――」

道満に向かってそれを差し出してきた。

「おう」

と、道満が持ちあげた杯に、女が酒を注ぐ。

「飲め」

道満が、空になった杯を、女に向かって差し出した。

「はい」

女が受け取った杯に、道満が酒を注いでやる。

杯を、女は両手で捧げ持つようにして口に運び、酒を乾した。

「おいしゅうござります」

女は、嬉しそうに言った。

今度は、道満がまた、酒を飲む。

「お元気そうで……」

と、女は言った。

「お齢《とし》こそめされましたが、まだまだお達者の御様子……」

「地獄の獄卒共は、このおれがいつ来るか、いつ来るかと手ぐすね引いて待っているのであろうが、どういうわけか、まだこの世に幽鬼の如くにさまようておる……」

道満が言う。

「九十年、百年、百二十年は生きたか……もう、齢《よわい》を数えることものうなった。皺も、ほれ、この通り増えた……」

「漢《おとこ》まえにござります」

女は、笑った。

「こうして、八年ごとに、会いに来て下さるのも、嬉しゅうござります」

「星と月のめぐりでな。この日、この刻でのうては、会えぬのじゃ……」

「はい」

うなずいた女へ、

「おまえは、いつ見ても若い……」

道満は言った。

「だって、わたくしは齢《とし》をとりませぬもの……」

女は、ちょっとだけ、淋しそうな顔をした。

「おれだけが、齢をとった……」

「あなたさまと一緒に、齢をとりたかった……」

女は、衣《きぬ》の袖で、目頭を押さえた。

「六十三年、いや、六十四年前であったかなあ――」

「はい。ちょうど、八、八、六十四年前のこの日、月も同じ満月。ちょうど、この楓の樹の下でござりましたなあ……」

「おれだけが、生きながらえた……」

道満が、小さく首を左右に振った。

女を見つめた道満の眼に、涙が溜っている。

女は、また、目頭を袖で押さえ、

「短い刻《とき》ではござりましたが、わたくしは、幸せでござりましたよ——」

なんとも優しい声で言った。

「来《こ》よ……」

道満は言った。

「はい」

女が、膝を進めて、道満に身体をよせた。

「添え」

「はい」

女が、道満の胸に頭をあずけた。

「すまぬな。早くおまえのもとに行ってやりたいのだが、この命、なかなか尽きぬ」

「よろしいのですよ。いつまでも、この齢のままお待ちいたしまする故……」

「多少じゃ……」

「多少？」

「いつ死んでもよい身じゃが、多少、この世にもまだおもしろみが残っているということじゃ」

「なんでしょう、あなたさまがそのようにおっしゃるなんて——」

「このおれにも、たまに、酒を飲む相手がいるということじゃ……」

「まあ、どなたなのです？」

と女が言うのへ、

「漢じゃ」

道満は言った。

「漢？」

「うむ」

道満の唇に、微かにはにかんだような笑みが浮いた。

「よいお方なのでしょう？」

「さて、どうなのであろうかなあ……」

道満は、女の身体へ、腕を回してそう言った。

二

翌朝——

目覚めた時、道満は、楓の樹の根元に置かれた、苔生《こけむ》した、人の頭ほどの大きさの丸い石の塚をその腕に抱いていた。

道満は、ゆっくりと立ちあがった。

道満の足元に、穴のあいた紅葉の葉が二枚落ちていた。

栗の毬。

どんぐりのへた。

穴のあいたどんぐり。

中身のない栗。

そして、笠の赤い紅天狗《べにてんぐ》茸《たけ》が何本か転がっていた。

火の消えた焚火跡がそこに——

それらを眺め、

「久しぶりに、土御門《つちみかど》大路《おおじ》にでも顔を出してみるかよ……」

道満は、ぼそりとつぶやいた。

そして、森の中に斜めに差し込んでくる朝の陽光の中を、道満はゆっくりと歩き出したのであった。

輪《わ》潜《くぐ》り観音《かんのん》

一

春の兆しと思えるのは、二、三日前までは一輪、二輪ほどしか咲いていなかった庭の梅が、今日になってから急にほろほろと咲きはじめたことであった。

明るい陽差しの中で、どの枝にも十輪に余る花が開き、幼児の指先ほどの莟《つぼみ》が、その周囲には数えきれぬくらいにふくらみかけているのである。

風の中には、その甘い梅の香《か》が溶けている。

簀子《すのこ》の上の陽溜《ひだま》りの中に座していると、すっかり春の中にいるような気分になってくる。

晴明《せいめい》と博雅《ひろまさ》は、その陽溜りの上に円座《わらざ》を置き、そこに座して、しばらく前から酒を飲んでいる。

時おり、風が動いて、濃淡のある梅の香が、ふたりの鼻孔に運ばれてくるのである。

梅の香の濃い大気の層と薄い層があって、それが、風によって乱されるためだ。

「これはまるで、楽《がく》の音《ね》のようだな……」

まだ酒の入った杯を手にしたまま、博雅がうっとりとした声で言う。

梅の香の濃淡、強弱が、まるで春の楽の音を、鼻で聴いているようであると、博雅は言うのである。

「なるほどなあ――」

と、晴明がうなずく。

「博雅よ、おまえ、これを楽の音として聴いているのか――」

そう言って、晴明は、杯の酒を口に運ぶ。

飲み終えて、晴明はゆっくりと杯を簀子の上にもどし、

「まあ、いずれ呪《しゅ》ということだからな……」

ぽつりとつぶやいた。

「呪?」

「ああ」

「何が呪なのだ」

「だから、呪と呪とは、たやすく交換ができるということさ」

「なに!?」

言ってから、

「いや、いい」

博雅は、首を左右に振って、杯の酒を乾し、

「うっかり訊ねたおれが悪かった。今のことは忘れてくれ――」

空になった杯を簀子の上に置いた。

「よいではないか。久しぶりだから、呪の話をさせてくれ――」

「聴いてもわからぬ」

「いや、わかる」

「たとえ、わかるとしても、おまえから呪の話を聴かされた後は、その時、おれの心にあったよい心もちが、いつもどこかへ行ってしまうのだ。わからなくてよい」

「それでかまわぬから、言わせてくれ」

「晴明よ、おまえ、それはこのおれに頼んでいるのか――」

「う、うむ」

「そうか、晴明がこの博雅に頼むということなれば、聴かぬでもない――」

博雅は、手酌で、瓶子《へいし》から杯に酒を注ぎながら、おもしろそうに晴明を見た。

「どうした、言わぬのか」

博雅は、酒の入った杯を手にしてそう言った。

ふたりは、小犬のようにじゃれている。

「なんだか、言いたくなくなった」

晴明は、庭へ顔を向けた。

陽光の中で、梅が咲いているのが見える。

「言うてもよいぞ。言えよ、晴明――」

博雅が言った時、

「よし」

と、晴明はうなずき、

「ならば言おうか」

博雅に向きなおった。

「あ」

と、声をあげた博雅に、

「そもそもじゃ、楽の音を心地よく思うのも、梅の香をよき匂いと思うのも、それはいずれも、心にかけられた呪ということなのさ」

晴明は言った。

「む……」

博雅は、杯を持った手を止めて、低く唸った。

しまった——

そういう顔をしている。

酒をひと口飲んでから、

「だからどうしたのじゃ」

博雅は、まだ酒の残っている杯を簀子の上に置いた。

「梅の香を楽の音とも聴くことができ、楽の音を匂い立つ梅の香とも嗅ぐことができるということなのさ、博雅よ——」

「それがどうしたのじゃ」

「呪なれば、このように似たものどうしでなく、逆のものとも、たやすく入れかわることがあるということさ」

「なに!?」

「あまりにも、人を想うことのはなはだしき場合には、それが、ひとりの心の裡《うち》で、たやすく憎しみと変ずることもあるということだな……」

「それならば、晴明よ。わざわざ呪など持ち出さずとも、おれにもわかる」

「ほう?」

おもしろそうに、晴明は博雅を見た。

「なんだ」

「すると博雅よ、おまえ、そのような心を自らもあじわったことがあると言うているのか──」

「ばかな、いつ、おれがそのようなことを言うたのじゃ」

「今さ──」

晴明がそう言った時──

簀子の上を、蜜虫《みつむし》がやってくるのが見えた。

ふたりの前までやってくると、

「お客様が、お見えにございます」

蜜虫はそう言って頭を下げたのである。

二

客は、四十をいくらか過ぎたかと見える女であった。

蜜虫に案内《あない》されてやってきて、簀子の上に座し、晴明と博雅に対面した。

「稲生《いなお》と申します」

女はそう挨拶をして、頭を下げた。

「西の京に、小さき庵《いおり》を結んで、そこに住んでおります」

身につけている衣《きぬ》は、いささか古びてはいるものの、それほど悪いものではない。

座る時の所作や、座した時の姿にもそこはかとない品がある。

「そこでわたくしがお仕えもうしあげているのは、もともとはさるやんごとなきお血筋のお生まれで、今年で御歳二十八におなりあそばされる、綾子《あやこ》さまと申されるお方にござります――」

女――稲生は、心の裡に急《せ》くことでもあるのか、やや早口でそのように言った。

「で、本日はどのような御用件でいらっしゃったのですか？」

晴明が問えば、

「綾子さまを救ってくだされませ」

稲生は言った。

「救う？」

晴明は、そう言って、ちらりと博雅に眼を疾《はし》らせた。

博雅もまた、稲生の言葉に興味を覚えた様子で、
うむ……

と、晴明に眼でうなずいてみせた。

「はい。実は、このところ、綾子さまの御様子がおかしいのです」

「ほう……」

晴明は、博雅から稲生に視線を移し、

「いったいどのように？」

そう訊ねた。

「はい」

稲生は、顎を引いてうなずくと、事の次第を、晴明と博雅に向かって語りはじめたのであった。

三

綾子がもともと住んでいたのは、朱雀大路《すざくおおじ》から見て、三条大路の東側で、鴨川よりは西のあたりであった。

血の繫《つな》がった者と言えば、同じ家に暮らす母親と、宮中の典薬寮《てんやくりょう》でそこそこの地位にあった父親のふたりだけであったのだが、十年前に、たて続けに父と母が流行《はや》り病で死んで、血の繫がった者は、この世のどこにもいなくなってしまったのである。

ちょうど、その頃から綾子に通う者があって、そのつけとどけで、なんとか、家人《けにん》を四人ほど置いても生きてゆけたのだが、子供もなく、この男の足が、三年ほど前からだんだんと遠のいて、二年ほど前にはもう、文《ふみ》の返事さえよこさぬようになり、それで、自然と男からのつけとどけも来ぬようになってしまった。

他に、通う女ができてそちらで子もなしたというのを、噂で耳にした。

蓄えは多少はあったのだが、それもだんだん少なくなってくると、仕えていた者たちも、ひとり減り、ふたり減りして、ついには綾子の身の回りの世話をする稲生ただ一人《いちにん》となってしまったのであった。

ふたりとなってみれば、三条の屋敷は大きく、広過ぎて住みにくい。それに、蓄えも減ってきたので、おもいきって三条の屋敷を売って、一年ほど前、西の京へ越したというのである。

盗賊も寝座《ねぐら》に使わぬような破《や》れ寺が何軒かあるあたりで、そこにほどよき庵を結んで、綾子と稲生は暮らしはじめたのであった。

しかし、越した時には、すでに綾子は心を病んでいた。

通って来ぬ男を待つあまり、他の男が文や歌など贈ってよこしても見向きもせず、ただただ男のやってくるのを焦がれるだけの日々を送るようになってしまっていたのである。

西の京に越してからは、風の音がしても、庭の萩が揺れて壁に触れる音が聴こえても、

「あの方がいらっしゃった――」

と、立ちあがって外の様子をうかがうのである。

四季の移ろいや、季節の花の咲くのがわずかのなぐさめではあったが、ほとんど気ふさぎの日々を過ごすようになってしまったのである。

綾子が、奇妙なことを言いはじめるようになったのは、半月ほど前からであった。

半月前のその日の朝——

「ねえ、稲生や……」

綾子が声をかけてきたというのである。

「昨晩、わたしの所へ観音菩薩さまがいらっしゃったのよ」

見れば、いつもと違って、綾子の口元が、わずかながらほころんでいる。

「それでね、わたしに言うの。あなたの泣く声が聴こえましたよって——」

こういうことであった——

四

「あなたの泣く声が聴こえましたよ。いったい、毎日何を泣いているのです？」

綾子のところへやってきた菩薩が、そのように言ったというのである。

綾子は、自分が泣く理由を菩薩に語った。

「まあ、それは、本当にたいへんな目にあわれましたね。さぞやおつらいことでしょう——」

父が死に、母が死に、男が通ってこなくなり、屋敷に仕えていた者たちも、次々に去り、ついには、さびれた西の京の草深い庵に住むようになってしまった。

歳をとり、容姿が衰えてくると、男も寄って来ぬようになってしまうのか。

このままでは、行く末が気にかかる。

稲生にはよくしてもらっているが、齢は、稲生の方が上である。死ぬとしたら、おそらくは稲生の方が先ではないのか。そうなったら、自分は、天涯孤独の身となって、もう死ぬしかない——

ひとしきり、綾子が恨みごとを言うのを聴き、

「なんともはかなきお話にござります」

そう言って、菩薩は姿を消したのであると、綾子がそう言うのである。

夢の話だと、稲生は思った。

綾子の夢の中へ、観音菩薩が現われたというそれだけのことだ。

日々の辛さや不安に押し潰されそうになって、知らず、観音菩薩を夢に見てしまったのであろう。

稲生がそう考えていたら、五日後——つまり十日前の朝——

またもや、綾子が似たようなことを言い出したのであると、稲生は晴明と博雅に言うのである。

「また、観音菩薩さまとおあいいたしましたよ——」

と、綾子は言った。

「今度は、どのようなお話をされたのですか――」

稲生は訊いた。

「こんなに毎日、恨みごとばかり心に思っていては、わたし、死んでも極楽に行けないのではないかしら――」

綾子は、やってきた菩薩にそう問うたというのである。

「そんなことはありませんよ」

観音菩薩は言った。

「仏の慈悲は広大無辺でございますから、どんな方でも、お救いくだされますよ」

そのようなことを、菩薩は言ったと綾子は言うのである。

稲生は、これも、夢の話だと思った。

しかし、三日前――

「稲生や、観音さまが、昨夜、よいものを下されましたよ――」

綾子がそんなことを言い出したというのである。

「そんなに不安なれば、よいものをそなたにあげましょう」

と、菩薩が綾子に言ったというのである。

「何でしょう」

綾子は菩薩に問うた。

「わたしの首に掛けられている、この黄金《こがね》の輪ですよ」

「黄金の輪？」

「これです」

観音菩薩は、自分の首に掛かっていた、黄金の輪を取りはずし、

「わたしが、この世と極楽を行き来できるのは、この輪があるからなのです」

このように言って、菩薩は、その黄金の輪を綾子に手渡した。

「さあ、それに、頭をくぐらせてごらんなさい。くぐればそのむこうが、極楽世界ですよ――」

菩薩は言った。

綾子は、手にしたその輪へ、頭をくぐらせようとしたのだが、どうしてもくぐらせることができない。輪が、綾子の頭よりも小さくて、頭をくぐらせることなど、できそうになかった。

「では、明日は、もう少し大きな輪を用意いたしましょう」

菩薩は、そのように言ったというのである。

どうも、何か妙だな、と、稲生が思うようになったのは、この時からであった。

次の日の朝――

「やはり、輪に、頭をくぐらせることはできなかったわ」

稲生に、綾子はそう言うのである。

また、次の日の朝——

「少し、輪が大きくなったようなので、もうちょっとで入りそうだったわ」

嬉しそうに、綾子は稲生に告げた。

これはもう夢ではない。

綾子の身に何か起こっている——稲生はそれを確信した。

もしも夢であれば、こうも毎晩、似たような夢を見ることがおかしいし、同じ夢と言うには、少しずつ何かが進行しているようである。

で、稲生は、その晩眠らずに、すぐ向こうで眠っている綾子の様子をひそかにうかがうことにした。

深夜、眠ったふりをして、綾子の寝息を闇の中で数えていると、その呼吸が変化した。

同時に、衣擦《きぬず》れの音がした。

綾子が、闇の中で身を起こしたらしい。

立ちあがる気配があって、綾子の足音がこちらに近づいてくる。

そして、その足音が、眠ったふりをしていた稲生の枕元で立ち止まった。

どうやら、気配からすると、綾子は、身をかがめて自分を上から見下ろしているらしい。

嘘寝をしているのがわかってしまったか、と、稲生は恐ろしくて生きた心地もしない。

が――

ひとしきり稲生の寝息をうかがった後、そのまま、綾子は無言で外へ出ていった。

いったい何が――

稲生は、自らも起きあがり、綾子の後を追った。

青い月光の中を、しずしずと綾子は歩いてゆく。

その足取りが、何ともたよりない。

これは、いったいどういうことか。

綾子は、何かにたぶらかされているのではないかと、稲生は思った。

綾子が立ち止まったのは、庵のすぐ隣りにある破れ寺の山門の前であった。

築地塀は崩れ、山門も傾いて、瓦もほとんどが落ち、そこから枯れ草が生えているのが見える。

声をかけようとした時には、綾子はもう山門をくぐって、中へ入ってしまっていた。

稲生が、慌てて綾子の後を追って山門の中へ入ってゆくと、奥に崩れかけた本堂があって、そこへあがってゆく階段《きざはし》の前に、綾子が立っている。

階段は半分腐って壊れ、崩れていないところでも、人が乗ったら、そのまま折れてしまいそうであった。

その階段へ、足を掛けようとした綾子へ、稲生は思わず声をかけていた。

「危ない」

走り寄って、稲生は綾子を背後から抱きとめた。

「あっ」

と、綾子が声をあげたが、かまわず稲生は綾子の手を取って、寺の外へ引き出し、庵へ強引にひき返した。

戻ると、そのまま綾子は眠りについた。

何かあるといけないので、稲生は、そのまま眠らずに綾子の枕元に座して朝をむかえた。

陽が昇って、目覚めてみれば、綾子はいつもの綾子であり、問うても、昨夜のことは何ひとつ覚えてはいないという。

それで、稲生もひと安心をした。

綾子が何かに憑《とりつ》かれているのは、ほぼ間違いない。

しかし、それが狐狸《こり》の類であれ、何であれ、まさか陽のある昼のうちには、悪さもしまいと思われたので、

「ちょっと、出かけてまいります」

稲生が綾子にそう告げたのが、この日の朝——しばらく前のことであった。

「すぐにもどりますので――」

綾子を庵に残し、その足で、

「こちらへうかがったのでございます」

稲生は、晴明にそう言ったのであった。

五

「なるほど、そういうことでございましたか――」

晴明はうなずいた。

「ならば、急いだ方がよさそうですね」

晴明は、もう、立ちあがっている。

「急ぐとは？」

稲生も、晴明につられて腰を浮かせている。

「その方に憑いたものですが、どうしてあなたに憑かず、綾子殿に憑いたのでしょう
――」

「はて――」

「おふたりが一緒にいるのに、綾子殿にそのものは憑いた。これは、もちろんたまたま
ということもございましょうが、一番考えられるのは、あなたよりも、そのものと綾子

殿の方が、互いに響きあうものがあったということでござりましょう」

「そ、それは……」

「そのものと綾子殿との間には、もう、縁《えにし》が繋がりあっているということです」

晴明が言うと、やはり腰を浮かせた博雅が、

「だから、それがどういうことなのか、おれもそれを知りたいのだよ、晴明よ――」

そう訊ねてきた。

「つまり、昼であれ、陽が差している時であれ、綾子殿の身が危いということさ」

「なに!?」

博雅もそこに立ちあがっていた。

「何と申されました?」

稲生も立ちあがっている。

「できるだけ早く、西の京までゆかねばならぬと、そう言うているのさ」

「む」

と、息をつめた博雅に、

「そういうわけにござれば、ゆきまするか。博雅さま」

晴明は言った。

「う、うむ」

博雅が、うなずく。

「ゆこう」

「ゆこう」

そういうことになったのであった。

六

晴明と博雅が、牛車を降りたのは、ちょうど、西の京の、稲生と綾子が暮らす庵の前であった。

まず、稲生が、

「綾子さま、綾子さま！」

声をあげながら、庵の中へ飛び込んでいった。

晴明と、博雅が、その後に続いた。

中に入ってゆくと、

「綾子さまがおりません。どこにも……」

稲生が、そう言って、晴明と博雅を振り返った。

晴明も、博雅と一緒に、庵の中を眼でさぐり、

「そのようですね」

短い言葉で言った。

「どこへ行ってしまったのでしょう……」

稲生が、おろおろしている。

「件《くだん》の破れ寺は、隣と言っていましたか?」

「はい」

「では、そちらへ――」

稲生の案内で、晴明と博雅は庵の隣に建つ破れ寺の山門をくぐった。

話に聴いていた通り、正面に、傾いた本堂がある。

「ゆくぞ」

晴明が先になって、腐って落ちかけた階段を登り本堂の中へ入っていった。

入ってゆくなり、

「むっ」

と、晴明が、声をあげた。

「あっ」

と、晴明の後ろで稲生が叫んだ。

稲生と一緒に本堂に足を踏み入れた博雅も、その光景を見ていた。

本堂も、床の所どころが腐って落ちている。

天井も落ちていて、そこから、本堂の中へ午後の陽光が差し込んでいた。

その光の中に、綾子の姿があった。

壇の上には、半分腐りかけた木彫の観音菩薩像が安置されている。

その前——壇の端に綾子が立って、両手に、輪を握っていた。

綾子は、その輪の中へ、ちょうど、自分の首を差し入れようとしているところであった。

その輪は、縄でできており、それは上の梁《はり》からぶら下がっていたのである。

今、まさに、綾子は首を吊ろうとしていたのであった。

「いかん」

晴明が疾った。

晴明が、壇の上に登った時には、もう、綾子は首を差し込み終っていた。

壇の端を蹴って、綾子の身体が宙に浮いたその時——縄の輪に、綾子の身体の重さがかかる寸前、晴明はその身体を抱きとめていたのである。

「晴明」

遅れて壇に登った博雅が、懐から出した小刀《ちいさがたな》で、縄を切った。

壇から下ろされ、綾子の身体が本堂の床の上に寝かされた。

その細い頸《くび》から、縄がはずされた。

「綾子さま」

稲生が、声をかけると、綾子が眼を開いた。

しげしげと稲生の顔を見あげ、

「稲生や、今、もう少しで、あの輪をくぐって、極楽へゆくところだったのよ――」

綾子はそう言った。

言ってから、晴明と博雅に気づき、

「稲生や、こちらのおふたりは、どなた？」

そう訊ねてきた。

「土御門大路《つちみかどおおじ》の、安倍《あべの》晴明さまと、源《みなもとの》博雅さまでござります」

「あら？」

「わたくしがお呼びしたのです。このおふたりが、綾子さまを助けて下すったのでござりますよ」

「わたしを？」

「はい」

稲生がうなずいた。

「さて――」

晴明が、左手に、輪になった縄を持って立ちあがった。

「この後《のち》、二度とかようなことがおこることのないようにしておかねばなりません」

そう言って、晴明は、右手の二本の指で縄に触れ、低い声で、何やらの呪を唱えた。

唱え終え、両手でその輪を広げ、眼の前に差し出して、手を離した。

輪は、宙にとどまって、落ちなかった。

皆の見ているなか、晴明の前に、人影が出現した。

その人影は、最初は薄かったのだが、だんだんと濃さを増してゆき、髪を振り乱した女の姿となった。

その肌の色は青く、唇は黒く、眸《め》は緑色に光っていた。

その首に、晴明が手から離した縄の輪が掛かっていた。

その女は、歯をかちかちと嚙み鳴らし、

「おのれ、もう少しで、そこな女を、我が仲間に引き込むことができたによ……」

しわがれた声で言った。

「我の邪魔をしたのはたれじゃ……」

女に問われ、

「土御門の、安倍晴明という者です」

晴明は言った。

女は、怪訝《けげん》そうに首を傾けてから、何か思い出したように、

「陰陽師じゃな……」

そう言った。

「はい……」

うなずいてから、晴明は女を見つめ、

「おかわいそうに、ずっとおひとりだったのですね……」

そう言った。

「ああ、そうじゃ。ずっと、ひとりで、ここに……」

「何年、ここに?」

「十五年——いや、十七年じゃ。十七年、ここで、独りで迷うていた……」

「さぞやお辛かったことでしょう。おさびしかったのですね。それで、話をするお相手が欲しかったのでしょう……」

晴明が言うと、

「そうじゃ、その通りじゃ……」

女はうなずき、

「おおん……」

「おおん……」

と、声をあげて哭《な》き出した。

「さびしかったのじゃ。さびしゅうて、さびしゅうて、どうにも我慢ができなんだ。ずっと、独りであった。そうしたら……」

「あちらのお方の声が聴こえたのですね」

「そうじゃ。一年ほど前から、その声が聴こえるようになった……」

一年前と言えば、綾子がここへ越してきた頃のことであった。

「その声は、毎夜《まいよ》、夜毎《よごと》、さびしいさびしいと泣いていた。好きであった男に女ができて、自分のもとに通わなくなったと泣いていた。それが辛くてたまらぬと……」

女は、綾子を見やった。

「なんだ。おなじではないか。この我と同じではないか。我もまた、好いた男に女ができ、見捨てられた者じゃ。それがあまりに哀しゅうて、ここで首を括《くく》って死んだのが、ちょうど十七年前じゃ……」

女は、晴明を見た。

「ようやっと、話し相手ができたと思うた。それで、毎夜、この女に声をかけたのじゃ。最初は、気づかなんだが、ようやく声が届いて、この女が我が声に気づいてくれたのが、半月前のことじゃ……」

「それで、綾子殿を、呼びよせようとなさったのですね」

「そうじゃ、その通りじゃ。それを、ぬしに邪魔されたのじゃ、晴明よ……」

女は、恨めしそうな顔で、晴明を見た。

「この後、どうなされます？」

晴明が問うた。

「どうとは？」

「また、たれかを呼ぼうとなされたりいたしまするか……」

「おう……」

と、女は、声をあげた。

おう……

おおおおう……

「我とても、かようなことは、したくないのじゃ。しかし、淋しゅうて淋しゅうてたまらず、呼んでしまうのじゃ。呼びとうなくとも呼んでしまうのじゃ、なあ……」

「はい……」

晴明は、うなずいた。

「なあ、教えてくりゃれ、どうしたらよい。どうしたらよいのじゃ、晴明殿……」

問われて、晴明は口をつぐんだ。

「この後、我はどうなるのじゃ……」

「――」

「これが、ずっと続くのか。この場所で、我はずっと、この想いを抱いてゆかねばならぬのか……」

「いつか、消えてゆきましょう……」

晴明が言った。

「消える？」

「この堂が、風雨にさらされ、朽ち、その上に草が生え、樹が繁り、時移り、時がたつうちに、あなたさまのその思いもまた、だんだんとその自然《じねん》の裡に溶けて、いつか、あなたさまのその想いも、草や樹の気配と溶けあって、あなたさま自身もまた、ご自分が、草であるのか樹であるのか、わからなくなる時がまいりましょう……」

「いつまでかかるのじゃ……」

「――」

「あと、一年か、二年か、それとも十年か。百年、二百年はかかるのか――」

晴明は、小さく首を左右に振った。

「わかりませぬ……」

晴明は、哀しげな顔で言った。

「わからぬと？」

「はい」

「あと、百年、千年、この哀しみが続くこともあるやもしれぬと?」

「はい」

「おおう……」

女は哭いた。

「耐えられぬ。耐えられるわけがない。頼む、晴明とやら、この我を助けてくれ、この我を救うてくれ……」

「それが、できませぬ……」

「できぬだと……」

「はい」

晴明はうなずき、

「わたしは、陰陽の法について、あれこれのことを心得ております。この天地の理《ことわり》や、その天地が五つの力の関係によってなりたっていることも知ってはおりますが、しかし、お許し下さい。人の心の哀しみを癒す術《すべ》を持ってはいないのです」

そう言った。

「何故じゃ、晴明」

博雅が言った。

「おまえは、何でもできるではないか。こういうことについては、おまえは、たれよりも詳しく、様々のことができるではないか。どうしてできぬのじゃ。おまえにできぬことなどあるものか……」

博雅の眼には、涙がにじんでいる。

「できぬのじゃ、博雅。すまぬ。おれの持っている力は、そういう力ではないのだよ……」

「何故できぬ、晴明。どうして、このお方を救うてやることができぬのじゃ」

博雅の両眼から、涙が溢《あふ》れてこぼれた。

「おう、おう、そなたよ、この我のために泣いてくれるのか。この我のために、涙をこぼしてくれるのか……」

女は言った。

女は、泣きながら、微笑したようであった。

と——

すうっと、女の姿が薄くなり、そして——

ふっ、
と、女の姿が消えた。

最後まで宙に残っていたのは、女の顔と、微笑であったが、それも、消えた姿の後を追うように、見えなくなった。

はらりと、縄が床に落ちていた。

七

夜――

簀子の上に燈台《とうだい》を立て、そこに灯りをひとつだけ点《とぼ》して、晴明と博雅は、ほろほろと酒を飲んでいる。

梅の香が、夜気の中に匂っている。

「晴明よ……」

と、博雅は、酒の入った杯を、口の手前で止めて、

「あれは、おまえ、わざと言うたのだな……」

そう言った。

「何のことだ？」

晴明は、片膝を立て、柱の一本に背をあずけ、庭の闇の中に、点々ととともっている白い梅を眺めている。

「とぼけるなよ。あの女に、自分は人の哀しみを癒すことなどできぬと言うたことさ――」

「わざとではない。本当にできぬのだ」

「なに!?」

「だからこそ、おまえが本気になって、あの方の哀しみを思うて、涙を流した。そのおまえの言葉と涙が、あの方を救うたのさ。救うたのはおまえさ、博雅……」

「おまえが、おれにああいったことを言わせるために、図《はか》ったことではないのか――」

「まさかよ。そこまで、考えて言うたわけではない……」

「本当か？」

「うむ」

「どうにも信じられぬが、しかし……」

「しかし、何だ？」

「おまえが言うていたことだが、心と心が響きあうと、つながってしまうというのは、本当のことなのだなあ」

博雅は、しみじみとした声でそう言って、杯の酒を乾した。

「で、あのお方は、どうなったのだ？」

「あのお方？」

「首に縄をかけて、消えてしまわれたあのお方さ――」

「博雅よ」

「何だ」

「おまえが、笛を吹く――」

「うむ」

「その笛の音と同じさ」

「笛の音と?」

「天地の間に、一時生じて大気を震わせ、そして、消えてゆく。その笛の音の消えていったのと同じ場所に、あの方はゆかれたのさ――」

「それは、つまり……」

「この天地の間に溶けて、輪廻《りんね》の中にもどってゆかれたのだ」

「自然のものの中に、帰られたということか?」

「まあ、そういうことであろうかな」

「なら、それは、それほど悪いことではないな。人が、生きている間にどれほど心を揺らそうと、いつか、そういうものの中に帰ってゆくということができるのなら――」

「うむ」

「それが、極楽往生をするということなのであろうか――」

博雅は、そう言って、自分で、

「うん」

とうなずき、ほのかに微笑した。

「博雅、おまえの笛を聴かせてくれ」

晴明は、庭へ眼をやったまま言った。

「言われぬでも、吹こうと思うていたところだった……」

博雅は、懐から葉二《はふたつ》を取り出し、それを唇にあて、静かに吹きはじめた。

ほろり、
と、笛の音がこぼれ出てきた。

笛の音は、闇に伸び、光りながら梅の花を包んで、風の中に溶けて春を呼びにゆくように、天に昇っていった。

魃《ばつ》の雨

一

叫麻呂《おらびまろ》は猟師であった。

丹波《たんば》の山の中で暮らしている。

黒い犬を一頭連れて山へ入り、猪や鹿、兎《うさぎ》、雉《きじ》などを獲《と》って生きている。

罠《わな》を掛《か》けたりもするが、だいたいは弓を使って猟をする。

山に入れば、常に獲物《えもの》があるというわけではないが、猪でも鹿でも、出会えば必ず仕《し》留《と》めることができるので、腕はいい。

しかし――

その時は、三日山をうろついて、まだ一頭も獲物に出会っていなかった。

雉はおろか、山鳥の声も聴こえない。

「いったい、どうしてしまったのか」

五日ほど前に、激しく山が荒れ、雷鳴が轟《とどろ》き、小石のような雨が地を打った。

梅雨のくる前に、一時、激しく山が騒ぐことがあるのだが、それにしても、このたびの雨風は強かった。

その嵐が止んで、山が落ちついた頃を見はからって、叫麻呂は、犬を連れて森へ入ったのである。

梅雨がやってくる前の、山は美しい。

春ほど緑はあわあわとしているわけではなく、夏ほど濃いわけでもない。森中に様々な色の緑が群れて、発酵したような樹々の匂いに満たされているのである。

それはそれで、心地よいのだが、叫麻呂としては、獲物がないのでは困るのである。

犬の名前は、炭丸《すみまろ》といった。

犬は人よりも鼻が優れていて、何日も前に獣が歩いた跡のわずかな臭いも嗅ぎとることができるが、炭丸は他の犬よりもさらに鼻が利《き》いた。

しかし——

その炭丸が、いくら山を歩いても、どういう反応も示さない。

あまりに、獲物の気配がないので、もう、帰ろうかと叫麻呂は考えた。

こういう時は、おとなしくもどって出なおすのがいい。

乾し飯を齧《かじ》り、干した肉を喰い、山菜を採《と》って、山の中で過ごすのは、十日でもだいじょうぶなのだが、炭丸に喰わせるものがない。いつもであれば、獲った獲物の肉を与えるのだが、その獲物がないのである。

「もどるかね」

炭丸に、そう話しかけて、足元を見た。

しかし、そこに炭丸の姿がない。

いつもは、足元か、少し先を、獲物の臭いをさぐりながら歩いているのだが、どうしたのか。

振り返ると、十歩ほど後ろで炭丸が立ち止まっている。

左手の森の中へ顔を向け、低い声で喉を鳴らしている。

獲物を見つけた時の炭丸は、よくそういう唸り声をあげたりするのだが、それとも少し様子が違っている。

「どうした？」

自然に腰を落とし、叫麻呂は、炭丸の顔の向いている方へ眼をやった。

すぐに、叫麻呂は、炭丸が何を見ているのかわかった。

青いものが、森の中を動いているのである。

人か!?

叫麻呂は、そう思った。

しかし、人にしては、動きが妙である。

しかも、小さい。

見た目は、三尺に満たない小さな子供が、青い衣を着て、森の中を走っている——そのように見える。

だが、その動きが人のようでない。

人にしては、動きが疾《はや》すぎる。

苔生《こけむ》した岩の上に乗り、樹の根を踏み、あちらへ動いたかと思うと、こちらへ動く。

動きながら、ひらひらと青い衣《きぬ》の裾《すそ》や袂《たもと》が踊る。

何に似ているかと言えば、動きのことだけで言えば、蝶のそれに似ている。

あなたへ動いたそのすぐあとに、こなたへ動く——その予測がつかないのだ。

地を動く、青い蝶のような動き。

頭には、烏帽子《からすもうす》のようなものを被《かぶ》っていて、その裾が、動きの向きが変わるたびに、宙にひらりひらりと舞う。

木立の間に、その姿が見え隠れしている。

それの顔が時おり、こちらを向く。

そして、叫麻呂は気がついたのである。

それの顔に、眼がないことに——

鼻もある。

そして、口もある。

しかし、眼がなかった。

そして、その口は、刃物で割ったように耳まで裂けていて、笑っているのである。

きゃあああ……

きゃあああ……

何やら、そういうような声をあげて、それは疾《はし》っている。

化物だ。

声をあげて、逃げようとしたのだが、叫麻呂は、あやうくそれを止めた。

けものにしろ、妖物にしろ、背を向けて逃げれば、かえって追ってくるものだ。それよりも、心を強く持って闘う方がこういう時にはよい。

弓を握り、矢を番《つが》えた。

弓を引き絞る。

その時――

きゃあああああ……

と、それが、叫麻呂に向かって疾り寄ってきたのは、襲おうとしたのか、たまたまのことであったのか。

おん、
と、炭丸が吠えるのと、弓から矢が離れるのと同時であった。

それの、胸の真ん中あたりを、ぶつりと矢が貫いた。

ばたりとそれは倒れた。

ほっと息を吐く間もなく、それが起きあがってきた。

炭丸が、それの動きを封ずるように、吼えかかる。

が、起きあがりはしたものの、それは、もう、これまでのように、疾くは動けなくなっていた。

のろのろと、手足を動かすだけだ。

痛がりもしなければ、血が流れ出しているわけでもない。ただ、動きだけが、遅くなった。

そして、その口はまだ笑っているのである。

その口から、白い歯が見えている。

「これは、いったいどういうものだ!?」

近づいても、襲ってくるような様子はない。

矢は、青い衣の上から、それの胸の中心を貫いている。

眼をやれば、胸が盛りあがっているのが襟もとから見える。

妖物か化物か、いずれにしろ、これは女であるのかと思われた。

危険そうな様子はなかったので、叫麻呂は、それを藤の蔓《つる》で縛って連れ帰ることにした。村の者にそれを見せたが、皆驚くばかりで、それが何であるのかわからない。

「はじめて見た」

「あやしのものには違いないが、何なのかわからぬ」

坊主ならばわかるかと、近くの寺の僧に見せたが、その僧も、

「いやいや、このようなもの、生まれてはじめて見るもので……」

やはり、何だかわからない。

しかたがないから、縛ったまま、家の外の樹に繫《つな》いでおいた。

水と食べものを与えようとしたのだが、水も飲まない。食べものを口にしようともしない。

それでも、元気がなくなったようには見えなかった。

ただ、動きが緩慢《かんまん》なだけだ。

胸に、まだ、矢が刺さったままである。

動きが遅いのは、この矢が刺さっているからであろうと考え、叫麻呂も、その矢を抜かなかった。

五日するうちには、都の知るところとなり、十日目に、叫麻呂は、それを連れて、都

へ出た。

噂を耳にして、

「そのようなものがいるのなら、ぜひ見てみたい」

と、藤原為長《ふじわらのためなが》が、叫麻呂を呼んだのである。

叫麻呂は、炭丸と一緒に、為長の屋敷の庭に通された。

階段《きざはし》の上に、為長が座していて、その左右に、何人かの公達《きんだち》や、黒袍《くろほう》を身に纏《まと》った男たちがいて、興味深そうに身をのり出して、それを見つめている。

それは、縄で腰を括《くく》られ、両手を後ろで縛られていた。その縄の端を、叫麻呂が左手で握っている。

まだ、胸に矢が突き立っていた。

猿をふたまわりほど大きくしたような背丈をしているが、もちろんそれは猿ではない。

体毛はどこにも生えていない。

頭に烏帽子を被っているのだが、その下の顔には、眼がなかった。耳のすぐ下あたりまで裂けた口と、鼻があるきりだ。

「その矢は、本当に刺さっておるのか」

為長が問うた。

「はい」

叫麻呂がうなずく。

「何故、死なぬ？」

「わたしにもわかりません。刀で突いたり、斬ったりいたしますと、青い血の如きものが流れ出はするのですが、その傷がすぐにふさがって死なないのです」

おそらく、矢を抜けば、その傷は刀傷と同様にすぐに治ってふさがるのであろうが、抜いた途端にまた元気になって暴れるやもしれず、矢の刺さったままにしてあるのであると、叫麻呂は言った。

両腕を後ろ手に縛ってあるのは、自らの手で矢を抜けぬようにしているのであると。

「なんとも不気味なものじゃ。これはいったい何なのだ」

「それが、わたしにもわからないのです」

訊ねられるままに、叫麻呂は、それと出会った時のことや、射たおりの有様を細々《こまごま》と語ったのだが、いくらそのことを細かくしゃべったところで、それが何であるのかわかったことにはならない。

「その頭に被っている烏帽子のようなものだが、それをとってみよ」

と、為長が言う。

「いえ、何度かとろうとしたのですが、そのたびに、恐ろしい声で泣き叫びますので、とったことはございません。それに、なかなかきつく被っていると見えて、ちょっとやそっとの力では、とてもとても――」

「試してみよ」

為長が言うので、叫麻呂が烏帽子のようなものに手をかけると、

ひゃあん、

ぼぼぼぼぼぼぼ……

ばばばばばばば……

と、狂ったように首を振り、歯を剝き出して泣き叫ぶ。

見ているだけでもおそろしい。

「取り押さえて、無理にでもとってしまえ」

と為長が言うので、家人《けにん》たちが数人がかりでこれを押さえつけ、みりみりと、烏帽子のようなものを、その頭からとってしまった。

取った瞬間、その下から出てきたものを見て、家人たちは、

「わっ」

「あなや！」

と、声をあげて飛びのいていた。

なんと、その下から出てきたのは、巨大な目だまであったのである。

毛が一本もない頭のてっぺんに、鶏の卵ほどの大きさの眼があって、それがぎろりぎろりと動いて、そこにいた者たちを睨んだのである。
そして、飛びのいたひとりの家人の手に握られていたのは、今までそれの胸に刺さっていた矢であった。取り押さえる時に、その矢を握り、驚いたはずみに抜いてしまったのである。
きゃああああああん、
と、それが鳴いた。
ぶつり、ぶつり、とそれを縛っていた縄が切れた。
きょおおおおおお〜〜ん、
と、それが鳴いた。

二

夏の陽差しが、庭の草に照りつけている。

すでに花を咲かせている草もあれば、散らせている草もある。今は茎と葉だけだが、夏の盛りを過ぎて、秋の気配が忍びよる頃に花を咲かせる草もある。

下野草《しもつけそう》。

虎尾《とらのお》。

蛍袋《ほたるぶくろ》。

露草《つゆくさ》。

今、一番大きな花を咲かせているのは、百合《ゆり》であった。

土御門大路《つちみかどおおじ》にある晴明《せいめい》屋敷の庭は、まるで野の一画をそのままもってきたようである。薬草もあれば、そうでない草もある。一見は、無造作に生えているように見えるが、晴明なりに、多少の配置は考えているらしい。

しかし、しおれてこそいないものの、どの草にも覇気のようなものがない。陽の熱気にあぶられて、葉や茎の中の水分が、皆外に奪われてしまっているかのようであった。

地面も、乾いている。

わずかに結ぶ夜露が、朝に地に落ちて、その湿り気だけで、草や花は生きているようであった。

「いや、暑いな、晴明よ」

源博雅《みなもとのひろまさ》は、簀子《すのこ》の上に座して、そう言った。

「確かに――」

晴明は、涼やかに白い狩衣《かりぎぬ》を着ている。特別に暑がっている様子こそないが、時おり袂を揺らしては顔のあたりを扇いでいるところを見れば、さすがにこの暑さは感じとっ

るのである。それがもう、ひと月あまり。

梅雨がやってくるかと見えた時もあったのだが、雨が降らず、ずっと晴天が続いていているのであろう。

空梅雨《からつゆ》であった。

このような晴天が続くようになる前に、大雨が降って、山も樹もおおいに水を蓄えたかと思ったのだが、その水を、もうとっくに山は吐き出し終えていて、今は、鴨川の水の量も、通常の年の半分以下になっている。

ふたりが座しているのは、軒下《のきした》の奥である。庇《ひさし》に近い場所に座すと、陽光に照らされることになって、とてものんきに酒など飲んではいられなくなるからだ。

ふたりは、酒を飲んでいる。

蜜虫《みつむし》が、ふたりの横に座して、杯が空になると、それへ酒を注いでいるのである。

時おり、ほどよく風が吹き寄せてはくるものの、酒の火照《ほて》りまでは、風は運んでいってはくれない。

「夜にすればよかったか……」

晴明がぽつりとつぶやく。

夜、陽が沈んで半刻ほどもすれば、昼の熱気も多少は和らぎ、ほどよい風さえあれば、酒を飲むのにちょうどよくなるのだが——

「酒は、飲みたいときに飲むのがよい」

そういう博雅の言葉で、飲みはじめた酒であった。

それにしても、雨が降らない。

「あちらこちらでは、水争いが起っているという噂も耳にしたが……」

博雅が、杯を乾さぬままにつぶやいた。

「らしいな」

「田によっては、干あがって、土に罅割《ひびわ》れが起こっているところもあると聴くが――」

田に水が入らなければ、今年、稲の収穫は見込めない。このままだと、多くの人間が、飢えて死ぬであろう。

「それに、この臭い……」

と、博雅は、顔をしかめて自分の鼻をつまんでみせた。

鴨川の河原は、言うなれば行き倒れや、身よりなく死んだ者たちの屍《かばね》の捨て場所でもある。

鳥辺野《とりべの》あたりで焼かれるのは、まだいい方で、多くの屍が、捨てられる。そのうちのひとつの捨て場所が、鴨の河原なのである。

それでも、夏に、何度かやってくる大雨と大水が、そういった河原の屍を毎年ほどよく流してくれるのだが、ひと月余り前に降った大雨は、ほんの一時のことで、鴨川の水は増えはしたが、屍を流すほどまでは降らなかったのである。

この陽差しに照らされて、捨てられた屍が腐り、その臭いが、風にのってここまで届いてきていると博雅は言うのである。

この暑さで、死ぬ者もいて、その屍がまた、鴨の河原に捨てられるのである。古い屍は干からびても、新しい屍は、腐って異臭を放つ。

「あちこちの寺で、祈禱がなされたと耳にしたが、その効き目もなさそうだ」

博雅は、晴明を見やり、

「知っているか、晴明よ」

そう言った。

「何をだ」

「先日、神泉苑《しんせんえん》で、叡山《えいざん》の豊蓮《ほうれん》上人が雨乞《あまご》いをしたおりの話じゃ――」

「五日祈って、近くまで、雲を呼ぶことはできたが、いまひと息のところで、駄目であったそうだな」

「ああ。雨粒が、ひとつ、ふたつ、池の水に落ちはしたが、何かの気に押しもどされるように消えて、またもとの青空になってしまったということじゃ――」

「うむ」

「駿河《するが》や、土佐《とさ》、紀国《きのくに》のあたりでは、そこそこ雨も降ったということだが、この都にはとんと雨が降らぬ……」

「うむ」

「うむではないぞ、晴明――」

「なんのことだ」

「おまえが雨乞いしたらどうじゃ」

「おれがか?」

「そうじゃ、おまえなら、雨くらいなんとか降らすことはできるのではないか」

「ああ。雨乞いなら、なんとかできよう。さほど難しい術《わざ》ではないからな」

「難しい術ではないと言うたか」

「ああ、おまえだってできるさ、博雅」

「まさか――」

「何か口の中で唱えながら、それを雨が降るまで続ければよいだけのことじゃ」

「なに!?」

博雅は、唇を尖らせて、

「おれをからかうなよ、晴明――」

口調が少し怒っている。

「いや、すまん、博雅。そのことだが、実はもう来ているのだ」

「来ている?」

「ああ。昨日、朝廷から使いの者が来てな、雨が降るよう、陰陽の秘法をもって祈禱せよとのことであった」

「受けたのか」

「ああ。受けずばなるまいよ」

「で、いつから始めるのじゃ」

「明日からじゃ」

「明日から?」

「ああ」

「どこでやる」

「まだ、決めていないのだが……」

「決めてない?」

「うむ。しかし、どこかへは行かねばならぬだろうな。おそらく——」

「どこなのだ」

「犬に訊いてみるさ」

「犬だと?」

「博雅よ、おまえ、あの話は耳にしていないのか——」

「あの話?」

「ああ。藤原為長殿のところへ、丹波から叫麻呂という猟師がやってきた話じゃ」

「おう、猿とも人ともつかぬ妖魅《ようみ》を連れてきたという、あの話だな」

「うむ」

「しかし、犬とは……」

「その叫麻呂殿が連れていた犬さ――」

「ほう、その犬がなんだと?」

「来ればわかる」

「来ればって、おまえ、何のことだ」

「だから、博雅よ、明日、一緒に出かけてゆかぬかと、おまえを、おれは誘っているのさ」

「な……」

「どうじゃ、ゆくか、博雅よ」

「う、む……」

「ゆこう」

「ゆこう」

そういうことになったのであった。

三

直接陽に当ってはいないものの、山の中の径《みち》を歩けば、自然に汗が出てくる。

乾いた土を踏み、樹の根や石を踏んで、歩いてゆく。

一番先をゆくのは、一頭の黒い犬――炭丸である。

そのすぐ後ろを歩いているのが、炭丸の飼い主である叫麻呂であった。

晴明と博雅は、縦にふたり並びながら、一方が先になったり後になったりしながら、叫麻呂の後ろからついてゆく。径が広くなれば、時に晴明と博雅は、横に並んで歩く。

船岡山――

藤原為長の屋敷を出た時には、晴明と博雅は、まだ牛車に乗っていたのだが、山が近づいて、もう、車では進めなくなり、半刻《はんとき》ほど前に牛車を降り、晴明と博雅は徒歩《かち》でこの山径を歩き出したのである。

車での移動中、先導したのは、叫麻呂と炭丸であった。車を降り、徒歩になってからも、それは同じであった。

炭丸が、地面に鼻をこすりつけるようにして、進んでゆく。地面に残る何かの臭いを嗅ぎながら、追っているようであった。時おり、その臭いを見失なったように立ち止まったりするが、周囲の地面をあちこちと嗅ぎまわって、やがて、臭いの跡を見つけたのか、再び歩き出す。

「犬は、鼻が利くからな」

晴明は、横を歩いている博雅に向かって言った。

ひと月ほど前——

叫麻呂が連れてきたそれが、矢を抜かれた途端に暴れ出して、そして、塀《へい》を飛び越えて逃げ出したのである。

その時、炭丸が、それの左の脹脛《ふくらはぎ》に嚙みついた。

それは、炭丸の牙を、脹脛の肉をちぎるようにして逃がれ、塀の上に身軽に跳びのり、たちまち向こう側へ姿を消したのであった。

その時、嚙まれたそれの脹脛の傷口から、青い血のようなものが流れ出して、その青い血のようなものが地に滴《したた》った。

炭丸は、その臭いの跡をたどっているのである。

「しかし、聞くところによれば、刀で傷つけられてもすぐにその傷口はふさがってしまうのではないか。傷口が塞がってしまっては、その青い血の臭いの跡もたどれないのではないか——」

博雅は、もっともなことを訊ねた。

「いや、傷口は、ほどなく塞がったろうが、塞がる前に、足を濡らしている。その足を濡らした青い血の如きものが足から流れ落ちて、その臭いが地に付いたのさ。もしも血がなくとも足跡には、その主《あるじ》の臭いが残るものだ。それに、炭丸は、犬の中でも特に鼻が利くということだからな。まあ、いずれにしても、あれから雨が降っていないということが、幸いしたな。いくら鼻の利く炭丸でも、雨が降っていれば、臭いが消えて、とてもこのようなことはできなかったろう――」

「いや、しかし、晴明よ。それにしても、おれにはおおいにわからぬことがある」

「なんだ」

「おまえが頼まれたのは、雨乞いではないのか――」

「そうだが――」

「ならば、何故、このようなことをしているのだ。これが、雨乞いなのか？」

「雨乞いではないな……」

「では、何なのだ」

「はて、何なのかな」

「おい、晴明――」

「博雅よ。ようは、都に雨が降ればよいのであろう」

「う、うむ」

「雨乞いではないが、おれは、雨を降らせるために、ここにこうやって来ているのだ」

「これで、雨が降るというのか?」

「おそらくな。まあ、おれの考えている通りのことであればだが――」

「では、おまえの考えているということを聞かせてくれ。おれには、何が何やらよくわかってはいないのだ……」

「まあ、待てよ、博雅」

「なんだ」

「その話は後にしよう。おまえの出番がきたようだ――」

晴明は、足を止めていた。

「なに!?」

博雅も、晴明に合わせて足を止める。

見れば、すぐ先で、叫麻呂が立ち止まっている。

その向こうで、炭丸が、岩や、木立のあいだをうろうろしながら、あたりの臭いを嗅ぎまわっている。

ついに、臭いがとぎれてしまったらしい。

「まあ、いずれにしてもこのあたりではあろうということだな……」

晴明はつぶやいた。

「鴨川よりは西、大井川よりは東。南へゆくよりは、北であろうと考えていたのだが、ここは、その通りの場所でもあるからな……」

「その通りの場所？」

問うた博雅には答えず、

「臭いを追えなくなったようですね」

晴明は、叫麻呂に声をかけた。

「どうやらそのようで……」

叫麻呂が、炭丸を見やりながら言った。

「まあ、ひと月も前のことでござりますので、さすがに臭いが……」

「充分です」

晴明は、博雅に向きなおり、

「葉二《はふたつ》は、持ってきているな」

声をかけた。

「もちろん」

博雅は、懐の上に手を当てた。

博雅は、いつでも笛の葉二を懐に入れている。

「鬼がくれた葉二、この世のものならぬものを呼ぶにふさわしい……」

「この世のものならぬもの？」

「ここで、笛を聴かせてくれぬか。曲は、そうさなあ、唐の古き曲がよかろう。雨にちなんだものはないか――」

「雨舞楽はどうじゃ」

「雨舞楽？」

「その昔、安史《あんし》の乱のおり、玄宗《げんそう》皇帝が、覇水《はすい》を渡って逃げる時、覇橋《はきよう》の上で楊貴妃《ようきひ》様が舞った曲だ。そのおり、小雨が降っていて、玄宗皇帝が即興で笛を吹き、貴妃様が舞った。それがこの日の本まで伝えられている……」

「それでよい」

晴明はうなずき、

「弓の用意を――」

叫麻呂に向かってそう言った。

「弓を？」

「もしも、魃《ばつ》が現われたら、矢で胸を射抜いて動けなくして下さい」

「魃？」

「あなたが、丹波の山中で捕えたあの不思議なものの名前ですよ」

すでに懐から葉二を取り出した博雅が、横でそれを耳にして、

「おい、晴明、魃とは何だ」

そう問うてきた。

「説明は後じゃ。笛を――」

晴明が言うと、博雅は、一瞬不満そうに唇を尖らせかけたが、葉二を持った手が、もう自然に上へ持ちあがってゆく。

博雅の唇に、葉二があてられた。

ほろり、
と、音がこぼれ出た。

笛の音《ね》が森の中へ滑り出てゆく。

滑り出た笛の音は、森の緑の色に薄く染まり、梢から洩れてきた陽光の中で、きらり、きらりと光っているようであった。

四

博雅は、うっとりとなって、笛を吹いている。

すでに、何のためにこの森の中に自分は立っているのか、どうしてここで笛を吹いているのか、その自覚は博雅にはない。

ただ、自然《じねん》のものとして、笛を吹いている。

木の葉が、風に吹かれてさやさやと音をたてるように、自然の風が博雅というものの身体を通り抜け、それで、博雅という楽器が、自然の音をたてているようであった。
恍惚となって、博雅は笛を吹き続けている。
と——
「来た……」
晴明が、囁くようにつぶやいた。
その時、
ゆるるるるるるるる……
という、声とも音ともつかないものが、森の奥から聴こえてきた。
鳥の声のようでもあり、何やら知れぬ笛の音のようでもあった。
美しい音であった。
森の緑が揺れ合い、触れあって悦《よろこ》びの声を洩らしているような……
よろろろろろろろろろ……
その声が、博雅の笛に呼応するように響く。
だんだんと、その声が大きくなってくる。
その声を発しているものが、少しずつ近づいてきているのである。
「あれだ……」
晴明が言った時、森の斜面の上方で、ひらりと青いものが動くのが見えた。

ひらり、

ひらり、

と、それが、踊りながら、森の中を近づいてくる。

樹の根を踏み、岩に生えた苔を踏み、だんだんと森の底を近づいてくる。

はたして、それは、話に聞いていた通りのものであった。

身の丈三尺足らず。

青い衣を着て、素足。

顔には、鼻と口しかない。

頭には毛がなく、そのてっぺんに大きな目だまがある。

それは、すぐ向こうの、苔生した岩の上に立ち、顔を天へ仰のけて、その唇を尖らせている。

その唇から、

ゆるるるるるるるるる……

よろろろろろろろろろ……

なんとも美しい、笛の音のような声が滑り出てくるのである。

叫麻呂が、弓に矢を番えようとすると、

「待って下さい」

晴明が、それを制した。

「博雅よ、笛を続けてくれ」

晴明は、そう言い残し、それの立つ岩の方へ向かって歩き出した。

晴明が近づいていっても、それは逃げなかった。

それもまた、うっとりとなって、博雅の笛に合わせて鳴きあげているのである。

晴明は、それの立つ岩の上にあがった。

それでも、それは逃げなかった。

晴明が、懐から何かを取り出した。

そして、それを、そっとそれの頭に被《かぶ》せた。

それは、それが為長の屋敷に残していった、烏帽子であった。

被せても、まだ、それは、なんとも満足しきった楽しげな様子で鳴き続けたのである。

博雅の笛が止んでも、それはまだおとなしかった。

「神よ、北へかえりたまえ……」

晴明が、それへ向かって静かにそう言った時、博雅と、叫麻呂が岩の下までやってきた。

「凄いな、博雅。おまえの笛のおかげで、おれが思うていたのより、ずっとたやすく、この烏帽子を被せることができた——」

「今、思うていたのよりと言うたが、晴明よ、おまえ、いったい何を思うていたのだ」

「まあ、それは、後で話そう」

「後で？」

「さっきから、ずっとことの成りゆきを御見物なさっていた方がおられるのさ。その方に御挨拶をすませてから、酒でも一杯やりながらどうじゃ――」

「見物？」

「どうぞ、すみましたよ」

晴明が、天に向かって声をかけると、頭上で、樹の梢が、
ざわり、
と、大きくざわめいた。

あたりが、一瞬、暗くなった。

大きな鳥の羽音のようなものが聞こえ、そして、梢を押し分けるようにして、天から巨大なものが舞いおりてきたのである。

それは、馬三頭分はあろうかという、一頭の翼ある龍であった。

龍は、森の中に降り立ち、翼をたたんだ。

その上に白髪白髯《はくはつはくぜん》の老爺《ろうや》がひとり、乗っていた。

「それが応龍《おうりゅう》ということは、叔均《しゅくきん》様でござりますね」

晴明が、その老人に声をかけた。

「いかにもそうじゃが、ぬしは？」

老人が言った。

「安倍《あべの》晴明という陰陽師にござります」

「笛を吹いていたのは？」

「そこにおります源博雅というお方でござります」

晴明が言うと、老人は博雅を見下ろし、

「いや、みごとな笛であった。見物しようと思うていたわけではない。笛があまりにみごとであったのでな、聴きほれていたのじゃ。現われて、その笛を中断させるのがもったいなくてな。その赤魃《せきばつ》もまた、大人しくしているようなのでな。笛の終るのを待っていたのじゃ……」

感心したような声で、老人が言う。

「いやいや、赤水《せきすい》の北に、堀を作り、それで四方を囲ってこれを応龍に見はらせ、赤魃が外へ出ぬようにしていたのだが、この春、黄砂が繁《しげ》く東へ渡るおり、それに乗って、赤魃が逃げ出してしもうたのじゃ。たまたま、この応龍に乗って崑崙山《こんろんさん》へ出かけていたおりのことでな……」

「そうでしたか――」

「それで、この応龍に赤魃を捜させていたところ、ひと月あまり前、この地で赤魃を見つけた。もどってわしにひと言伝えればよいものを、この応龍が、自分で赤魃を連れ帰ろうとしてな、それを赤魃がいやがって争いとなった。そのおりはおおいに天が乱れ、大雨が降ったことであろう……」

「はい」

「結局、連れ帰ることかなわずもどってきた応龍に乗って、今度はこのわしが出向いてきたというわけさ。天へ昇って、このこと天帝にお伝えしていたのでな。天ではわずかな時であったのだが、地上ではひと月ほどがたってしまったというわけじゃ」

「なるほど、それで、すべて辻褄が合いました――」

晴明が、納得した様子でうなずいた。

「赤魃よ、おいで。博雅殿の笛も聴いて、充分に楽しんだことであろう。赤水へもどるよ」

老人が言うと、ふわりとそれが宙へ跳んだ。

応龍が翼を持ちあげて、その上へそれを乗せると、そこから、それが応龍の背へ跳んで、ちょうど老人のすぐ前におりてまたがった。

「晴明殿、博雅殿、いつでも赤水へまいられよ。ともに崑崙山へ遊び、またその笛を聴かせてもらいたいものじゃ。西王母《せいおうぼ》殿もおおいに喜ばれるであろう」

西王母は、崑崙山に住む、仙女である。

「訪ねたい時には、西へ吹く風に向かって、叔均殿今夜あたり参りまするぞと言えば、わしに届く。その時には、この応龍をむかえによこすので、その背に乗れば、赤水まではひと飛びじゃ——」

「よろこんで——」

晴明がうなずいた。

「では、その時を楽しみにしておる——」

老人——叔均が言うと、応龍が翼を広げ、ばさり、とそれを振った。

ふわりと応龍が宙に浮いた。

樹々の梢を割るように分けて、応龍が、森の上の青い空に浮いた。

そして、応龍は西の天へ消えていったのである。

天を見あげ、

「おおん」

と、炭丸が声をあげた。

五

ほそほそと、雨が降っている。

蜘蛛の糸よりも細く、霧のように柔らかな雨が、夜の闇の中で、ほそほそと降っているのである。

晴明の屋敷の庭である。

そこを、蛍の灯りが、ひとつ、ふたつ――

雨の中ではあまり飛ぶことのない蛍が、そうして飛べるほどの細い雨であった。

晴明と博雅は、簀子の上に座して、酒を飲みながら、闇の中で舞う蛍を眺めている。

燈台《とうだい》に、灯りがひとつだけ点《とぼ》っている。

唐衣《からころも》を着た蜜虫が、ふたりが手にした杯が空になるたびに、そこへ酒を注ぐ。

下野草――

虎尾――

蛍袋――

露草――

そして、百合も、今はみずみずしく濡れて、庭の闇の中で、ほのかに光を放っているようである。眼には見えずとも、そのほのかな明りが、夜の中から匂ってくるようであった。

雨が降り出したのは、夕刻――晴明と博雅がもどってきてからである。

飢えて餓《かつ》えた腹に、いきなり大量の食物を入れると、かえって身体のためにはよくない。それで、最初は少しずつ、白湯《さゆ》やら粥《かゆ》やらを摂《と》ってゆくのだが、乾いた大地にとって、この雨はどうやらそのようなものであるらしい。

「しかしなあ、晴明よ――」

と、博雅がつぶやく。

「なんだ」

晴明が、唇に運びかけた杯を途中で止めた。

「あれはいったい何だったのだ。おれには今もって、どのようなことが起こっていたのかよくわからないのだよ」

「魃《ばつ》のことか」

「ああ。おまえは、あのことを魃と呼んでいたが、叔均殿は、赤魃と呼んでいたぞ」

「いずれも同じさ。時には旱母《かんぼ》などと呼ばれたりもする。魃がひきおこす旱《ひでり》が、つまりは旱魃《かんばつ》ということだな」

「その魃だが、どのようなものなのだ?」

「妖魅《ようみ》、奇怪《あやかし》の類《たぐい》と考える者もいるであろうが、もとのことで言えば、黄帝《こうてい》の女《むすめ》だな
――」

「黄帝の女《むすめ》だと?」

「ああ。東方朔《とうほうさく》殿の『神異経《しんいきょう》』に、身の長《たけ》二、三尺、裸身にして目は頭の頂の上にあり、

走行すること風の如し。名づけて魃《ばつ》という――とある。これが現れた国では、大旱《たいかん》となり、地千里も赤《はだか》となると書かれているな……」

「ほう?」

「『山海経《せんがいきょう》』にも、魃のことは書かれている――」

晴明は言った。

その『山海経』の「大荒北経《たいこうほくきょう》」に、次のようにある。

人あり、青衣《せいい》を着ている。名は黄帝《こうてい》の女《むすめ》、魃《ばつ》という。蚩尤《しゆう》は兵器をつくって黄帝を伐《う》つ。そこで黄帝は応龍をしてこれを冀州《きしゅう》の野に攻めさせた。応龍は水をたくわえ、蚩尤は風伯《かぜのかみ》と雨師《あめのかみ》をまねき、暴風雨をほしいままにした。そこで黄帝は天女の魃をあまくだした。雨はやんでついに蚩尤を殺した。ところが、魃は、天に昇りかえることができなかったので、魃のいるところは旱《ひでり》して雨が降らない。

ここに叔均という者があって、黄帝に言上することがあり、それによって魃は赤水の北に住まわせた。叔均はそこで田祖《たのかみ》となった。

ところが、魃はたびたび逃げ出した。逃げた先は旱《ひでり》となった。この魃を追わんとする者は、次のように言え。

「神よ、北へ帰りたまえ」

「まあ、黄帝のつかわした応龍と、蚩尤の呼んだ神とが闘ったため暴風雨がおこったということさ。応龍も、蚩尤の呼んだ神も、雨と風を引きおこす神でな、とんでもないことになったので、黄帝が、自分の女《むすめ》である魃を送って、この雨と風を止めさせたということさ――」

「ふうん」

「魃は、頭の上に大きな目だまがある。瞼《まぶた》がないため、雨が嫌いなのだ」

「どういうことだ、晴明――」

「瞼を閉じられぬので、雨が頭のてっぺんにある目に当たるということさ。これがいやでな。雨雲が近づくと、その口から熱き気を吐いて、雲を消し去ってしまうのだ――」

「そういうことか――」

「斬っても突いても死なず、身体に矢を打ち込まれてこれが抜けねば、その傷が治らぬため、素速い動きができなくなる。頭の烏帽子は叔均殿が、被せたものだ。あれを被っていれば、雨が当らぬので、雨は嫌うが暴れまわるほどではない――」

「魃のいるのが、鴨川の西、大井川の東と言うたな」

「鴨川は、京の東側を流れ、大井川は京の西側を流れている。逃げた魃は雨のみでなく水も好まぬのでな、まずこれを渡ることはあるまいと考えたのさ――」

「いや、なるほどなあ……」

博雅は感心したような声をあげて酒を口に運び、

「しかし、晴明よ、おまえ、雨乞いのことを頼まれて、すぐに、為長殿の件とこの魃のことを思いついたのか――」

そう言った。

「あたりまえではないか」

うなずいた晴明は、宙で止めていた杯を口までもってゆき、それを干した。

「しかし、博雅よ、おれなどより、おまえの方が凄いのだ。おまえはただそれに気づいてないだけなのさ」

「何のことだ」

「おれが、あそこで、おまえに雨の曲を吹くように頼んだであろう」

「うむ」

「龍笛の音《ね》は、昔から、舞い立ち昇る龍の鳴き声というではないか――」

「それがどうした」

「龍の笛――しかもそれは、朱雀門《すざくもん》の鬼からもろうた霊力ある笛だ。その笛で、雨の曲を吹く。しかも、吹き手は、天下の源博雅じゃ……」

「だから、それがどうしたのだ」

「魃殿にとっては、それはまさに雨と同じでな。これを消すために、やってくるとおれは考えたのだ。そこを、弓でねらう……」

「おれを囮《おとり》につかおうとしたのか」

「いやすまぬ。しかし、おまえの笛は、おれの考えを越えていた。魃は、おまえの吹く葉二の音《ね》そのものに魅《ひ》かれてやってきたのだ。おれの誤算であったが、それでよかった。博雅よ、おまえは凄い――」

「おい、晴明よ」

博雅は、少しはにかんで言った。

「あまり、人を褒《ほ》めぬおまえに、いきなりそんなことを言われるとなあ……」

「どうしたのだ」

「なんだか困ってしまうではないか」

「困ることはない。本当のことじゃ」

「いや、嬉しいが、しかし、晴明よ……」

博雅は、口ごもり、間をとりつくろうように杯を置いて、懐から葉二を取り出した。

唇をあて、静かに、博雅は葉二を吹きはじめた。

雨が、少しずつ、少しずつ、その量を増してきていた。

笛の音の中を、まだ、ひとつだけ蛍の灯りが飛んでいる。

月盗人《つきぬすびと》

一

軒下《のきした》から見あげれば、満月が眩《まぶ》しいくらいに青く輝いているのが見える。

土御門《つちみかど》大路《おおじ》にある安倍晴明《あべのせいめい》の屋敷の庭は、月の光を浴びて、海の底の景色のように、青く光っている。

簀子《すのこ》の上に座して、晴明と博雅《ひろまさ》はほろほろと酒を飲んでいる。

燈台《とうだい》に灯りをひとつだけ点《とぼ》している。

ふたりの横に蜜虫《みつむし》がいて、ふたりの杯が空になるたびに、それへ酒を注《そそ》いでいるのである。

「見ろよ、晴明」

博雅は、杯の酒をひと口飲んでから、溜め息と共に言った。

「なんだ、博雅」

晴明は、口に運びかけた杯を途中で止めて、博雅を見た。

「月はまるで、天の泉のようではないか」

「天の泉？」

「月から、青い天の甘露《かんろ》がこぼれ続けて、この地の全てをあのような光で満たしてしまうのだ。こぼれ続け、あふれ続けて止まるということがない。それが、おれには、永遠《とこしえ》に湧き続ける天の泉のように思えてしかたがないのだよ」

「月は昔から、不老不死を象徴《しめ》すものだからな……」

「うむ」

博雅はうなずく。

満ち、満月となり、欠けていって新月となり、また満ちて満月となる。天にあって永遠にそれをくりかえす月は、まさに晴明の言うように、古《いにしえ》から不老と不死を表わすものであった。

「唐の国でも、それは同じさ」

晴明は、止めていた杯を口に運んで、酒を干した。

空になった杯に、蜜虫が酒を注いでいると——

庭の月光の中に、十二単衣《ひとえ》を着て立つ影があった。

蜜夜《みつよ》である。

晴明の式神であった。

「お客さまにございます」

頭を下げながら言った蜜夜のその声が終らぬうちに、蜜夜の後ろから姿を現わした者がいた。

白い衣《きぬ》を纏《まと》った美しい女であった。

齢のころなら、二十歳《はたち》の半ばほどであろうか。

「晴明さまに、お願いのことがござりまして、夜分にも拘わらず、こうして足を運んでしまいました。どうぞお許しを――」

と、その女は、急《せ》いた口調で言った。

「わたくし、名を玉露《ぎょくろ》と申します。どうぞ、お助け下さいまし、晴明さま――」

何か着ているものに焚き込んでいるのか、よい薫りがここまでとどいてくる。

麝香《じゃこう》の薫りのようであった。

「どうなされました？」

晴明は問うた。

いくら月が明るいとはいえ、かような深更《しんこう》に、女がひとりでたれかの屋敷を訪《おとな》うなど、普通のことではない。

「蘆屋道満《あしやどうまん》さまというお方に、土御門大路の晴明さまを訪《たず》ねれば、なんとかしてくださるであろうとお言葉をいただき、それをたよりに、ここまでやってきたものにござります」

「蘆屋道満どの……」

「はい」

うなずいて、女——玉露は次のようなことを語りはじめたのである。

二

玉露が今住んでいるのは、西の京である。

今年で五十歳になる紗庭《さにわ》という女と一緒に暮らしている。

もともとは二条大路の東にあった屋敷に住んでいて、家に仕える者も多くいたのだが、零落して西の京にあるわずかな土地を手に入れ、そこに庵《いおり》を結んで暮らすようになったのである。

父はそこそこには知られた人物で、宮中に出入りしたりもしていたのだが、十年前に流行《はや》り病で儚《はかな》くなってから、家もうまくたちゆかなくなり、屋敷も人手に渡ってしまい、乳母《めのと》であった紗庭と共に西の京へ越したのである。

すぐ近くに、西極寺《さいごくじ》という小さな破《や》れ寺があって、坊主などもとっくにいなくなっているのだが、どういうわけか、本尊の丈三尺の十一面観音の木彫りの像だけが、盗まれもせず残っていたのを、毎朝拝むようになった。

寺の修理《しゆり》こそ手にあまるものの、草を刈《か》ったり、落ち葉を掃《は》き清めたり、野の花を供《そな》えたりすることくらいはできるので、破れ寺ながら、本尊の周囲だけは、塵《ちり》もなく、この十年ほどは綺麗に保たれているのである。

それに、三日に一度は、仏の身体をぬぐって、埃《ほこり》のたからぬようにした。

通う男も、何人かはいたのだが、いずれも他に通う女ができて、男からの届けものもいつの間にかなくなり、屋敷を出る時に持ってきた小物やわずかな衣《きぬ》などを売って、なんとかこれまで生きてきたのであった。

庵の横に、小さいながら畑などもあって、幸いに玉露も紗庭も手仕事や野良のことを、いとわずにやることができる性《たち》であったので、それも助けになった。しかし、売る小物もだんだん少なくなってゆく。それでも、薬草などの知識が紗庭には多少あったので、時にそれを採って売ったりしてしのいではいたものの、先の不安は募《つの》るばかりである。

いつ盗賊に入られて、身ぐるみはがされるか――それだったらいっそ殺されるか、どこかへ売られるかした方がいいのではないかと思うようになった。

そして――

今年の三月。

寺で、玉露が行き倒れを見つけた。

朝、寺へ行って見たら、本尊の前の床の上に、ひとりの男が倒れていたのである。意識もなく、額に指で触れてみれば、やけどしそうなほどに熱い。

父親も、似たような病状で、五日ほど寝こんでそのまま逝《い》ってしまった。

紗庭とふたりで、庵まで抱えて帰り、看病をした。

三日目に、意識がもどったので、訊ねてみたところ、播磨《はりま》の国の者だという。

名は、速男《はやお》。

歳は四十。

針を作っている家に仕えている者で、以前から懇意にしていた京に住む者が、この度、上野介《こうずけのすけ》となり京を離れることになり、まとめて針が欲しいというので、それを届けての帰りであったのだという。

礼をもらって、播磨へ帰る途中、この近くへさしかかったところ、急に気分が悪くなり、休んでいたところ、声をかけてくる男があったので、水を頼んだのだが、水を飲んでいる最中その男が急に襲ってきて、礼の金から品物から、ほとんどの持ちものを奪われてしまったのだという。

熱が出て、身体は弱っているし、意識は朦朧《もうろう》となっている。近くにあった寺に入りそのまま倒れ、気がついたら、玉露と紗庭に、ここで看病されていたのだということであった。

件《くだん》の男――速男の容態はなかなかよくならなかった。

十日ほどするうちには、立って歩くことができるようになり、自分で用を足すほどのことはやれるようになったのだが、重いものを持ったり、長い時間歩くということができない。播磨の主人のもとへもどらねばならないのだが、これでは旅もままならない。都での唯一の知りあいである件の屋敷の者はすでに上野へ行ってしまっており、たよりとなるのは、玉露と紗庭だけである。

ひとり分口が増えたので、食べるものもこれまで以上に必要になった。かといって、情も移っており、追い出すというわけにもいかない。

速男が、余分に持っていた針は盗まれずに手元に残っていたので、それを食いものにかえたりしてしのいできたのだが、その針もだんだん少なくなってくる。

すがるものと言えば、もう神仏しかない。

それで、朝に晩に、わずかながら供えものなどして、病平癒《やまいへいゆ》のため寺の観音菩薩に祈っていた。

供えるといっても、晩に供えたものが、朝になくなっているわけではない。朝に、残っていた菜などを、これは仏からのいただきものとして食したりしていたので、供えたからといって食べるものが減るというわけではなかったのである。

三月《みつき》あまり前――

東市《ひがしのいち》まで針を売りに行った紗庭が、米と酒の入った瓶子《へいし》を持ってもどってきた。

玉露も自分も酒は飲まないが、速男が飲めば少しは元気になるのではないかと、そう思って、針と取り替えてもどってきたのである。

「酒といえば、これを百薬の長と申される方もござります。どうぞ——」

と、すすめたのだが、

「わたくし、残念ながら、酒はたしなまないのです。そういうことでしたら、神仏が酒をめしあがるかどうかはわかりませんが、西極寺の観音さまにお供えしていただけませぬか——」

と、速男は言った。

「さようなれば——」

と、玉露は、瓶子に入った酒をそのまま、西極寺の十一面観音の前に供えてきた。

仏のことはわからぬが、酒を御神酒《おみき》と呼んで神に供えることはよくある。神が飲むなら仏でもよかろうと、玉露も考えたのである。

「どうぞ、速男さまの御病気が、一日も早う、よくなりますよう」

手を合わせて、もどってきたのがもう夕刻であった。

その翌朝——

玉露が、西極寺に行ってみると、昨夕、供えたはずの酒の入った瓶子が失くなっている。

「はて──」

まさか、仏がほんとうに、供えた酒を飲んだというのか。

そう思って見れば、観音菩薩の顔が、ほんのりと赤らんでいるように思えなくもない……

そこへ──

「いや、馳走《ちそう》になったなあ──」

そういう声が聴こえてきた。

玉露は半歩退がって、つくづくと菩薩の顔を見た。

玉露には、菩薩がしゃべったようにしか思えなかったからである。声は、確かに、その菩薩の方から聴こえてきた。

しかし、その声というのは、菩薩というよりは、歳経た男の──老人の声のようであった。

仏は、このような声を出すのか。

「仏ではない。人じゃ……」

そういう声がして、観音菩薩が安置された壇の裏から、人影が姿を現わした。

ぼうぼうと白髪を伸ばした老人であった。

その髪の一部を、頭の後ろで束ねて結んであるのだが、ほとんどの髪は、空方《そらざま》に伸び放題になっている。

黒い、ぼろのような水干《すいかん》を着ていた。

顔に、皺が深い。

立ち止まった。

黄色い眸《め》が、ぎろりと玉露を見た。

右手に、昨日菩薩に供えたはずの、酒の入っていた瓶子の首を持ってぶら下げている。

「酒を馳走になった……」

老人は言った。

「全部飲んでしもうたわ」

持っていた瓶子を逆さにしたが、中からは酒が一滴もこぼれてこない。本当に全部飲んでしまったらしい。

「あ、あなたさまは――」

「蘆屋道満……」

老人は、身をかがめて、ごとりと瓶子を床に置いた。

「いや、宿無しでな。ちょうどよい寺があった故、ここでひと晩すごそうかと思うて、仏の後ろで横になっていたところ、ぬしが入ってきて、酒を置いていったのじゃ。ありがたく飲ませてもろうた」

　見るからに怪しげな老人であったが、口元や眼元に、わずかながら愛敬と呼べるものがないわけではない。

「お困りのようじゃな」

「な、なんのことでござりましょう」

「病人がいるのであろう。昨日、酒を置いてゆく時に、何やら仏に願いごとを口にしていたではないか」

「は、はい……」

「仏のかわりに酒を飲ませてもろうたのじゃ。仏にかわって力になってやろう」

「力に……速男さまの病を治してくださるというのですか――」

「ほう、その病気の者、速男というのか――」

「はい」

「案内《あない》せよ。今ここで、治せると約束はできぬが、多少のことはできるであろう」

　老人――道満がそう言うので、

「で、では、こちらへ――」

　玉露はそう言って、道満を庵まで案内したというのである。

　道満は、庵に入ると、横になっていた速男に、

「そのまま、そのまま——」

そう言って、掌《て》を仰向けに寝ている速男の額にあて、胸にあて、そして腹にあてた。

「これで、もう、四月近くこのような状態であるということか——」

「はい」

とうなずいたのは、紗庭であった。

「ふむふむ、なるほどなるほど——」

道満は顎を引いてうなずき、

「色々と面倒なことはあるやもしれぬが、治らぬこともない」

そう言った。

「治るのですか」

玉露が言う。

「いや、しかし——」

「何でござります?」

「これが、なかなかひと筋縄ではゆかぬ病でな。色々と、不都合なことが、起こってくるやもしれぬ。その時、このわしは、そなたらの近くにおらぬ……」

「で、では……」

「方法は、教えてしんぜよう。それで不都合なことが起こったら、土御門大路へゆけばよい」

「土御門大路？」

「そこの、安倍晴明という男に、道満がこのように言うていたと、助けを乞《こ》いにゆけばよい――」

「どのようにすればよろしいのです？」

「うむ」

と、道満は、右手を懐に差し込むと、

「これじゃな」

と、何かを摑《つか》み出した。

「それは……」

「土器《かわらけ》じゃ」

道満が皆に見せたのは、ひとつの杯であった。

「この道満が、件の酒を飲むのに使うた土器じゃ。いつもこの道満が持ち歩いているものでな。言うなれば、我が身体の一部よ。これをそなたらにしんぜよう」

「これを、どのようにすれば……」

「満月の夜に、この杯に月の光を受けるのじゃ――」

「月の光を？」

「しかも、三月《みつき》続けてじゃ。一度でも失敗したら、また、はじめからやりなおして三度――」

「ということは、その満月の日に、空が曇《くも》って月が見えなかったりしたとしたら……」

「また、はじめからやりなおさねばならぬということじゃな」

落ちついた声で、道満は言った。

「そうさな、場所は神泉苑《しんせんえん》あたりがよかろう――」

そして、道満は、そのやり方について説明し、

「その土器に受けた月の光、満月の度に一滴もあまさずそこな速男に飲ませてやればよい。これを、一度、二度、三度続けて飲ませることができれば、あるいは……」

小さく、首を傾《かし》げた。

「速男さまの御病気が平癒すると？」

「それが、よいことか、悪いことかはわからぬがなあ。はてさて、はてさて――」

そう言って、道満は去っていったというのである。

道満が話した、月の光を受ける法というのは次のようなものであった。

満月の晩――

月が中天にかかるころ、神泉苑に、土器を持って入ってゆく。

水面《みなも》に映《うつ》る月を眺めながら、池を右回りに歩いてゆく。

すでに、草木には夜露が宿っている。

その夜露には、ひと粒ずついずれも月が宿って光っている。

その月の光の宿った露を、ひと粒ずつ、歩きながら、土器に受けてゆく。

——まあ、およそ千粒も集めれば、土器に一杯の月の宿った露が集まるであろう。

と、道満は言った。

肝心なのは、露の雫《しずく》に月の光を宿したまま、それを土器に受けることであるという。

それで千粒、池を回りながら夜露を受ける。

——さすれば、我がこの土器の持ちたる呪《しゅ》の力によって、どのような方向から眺めても、土器に集められたる夜露の水面に、月の姿が映るであろう。

——それを、こぼさぬよう持ち帰り、速男に飲ませればよい。

そういうことであった。

で、最初の満月の晩にそれを試したら、はたして、道満の言った通り、土器に満たされた露の表面に満月が映じて消えることがない。

それを、速男に飲ませたら、少しは元気になった。

すでに立って用を足しにゆけるようになってはいたのだが、さらに、半日ほどであるなら、横にならずにすごせるようになった。

そして、二度目の満月の時に集めた夜露を飲んだら、もっと元気になった。

庵の外へ出て、短い時間であれば、付近を散歩するくらいはできるようになったのである。

そして、三度目の満月の晩が、今夜であった。

おりしも空は晴れて、月が美しい。

神泉苑に入ると、池の面《おもて》に月が映っている。

女郎花《おみなえし》。

露草《つゆくさ》。

まだ、蕾《つぼみ》もできない桔梗《ききょう》。

それらの葉先に、幾千、幾万もの月が宿ってきらきら光っている。

さっそく、露を集めようとしたところ、急に雲が出てきて、月が翳《かげ》りはじめた。

ひと粒、ふた粒、十粒、百粒も集めないうちに、空が曇って、月が隠れ、もう、露にはどのような月の光も宿っていない。

月が見えなくなれば、あたりは真の闇である。

しばらく、雲の陰から月が出てくるのを待つことにした。

しかし、いくら待っても月は出てこない。

あきらめて、神泉苑の外に出たところ、雲が割れて、月が姿を現わした。

それではと、再び神泉苑の中に入ってゆくと、また雲が出て月を隠してしまう。

それを、三度繰《く》り返した。

さすがに、これはおかしいと玉露も思いはじめた。

そこで、思い出したのが、

〝不都合なことが起こったら、土御門大路へゆけばよい〟

という、道満の言葉であった。

「それで、かような深更であるにも拘わらず、晴明さまをお訪ねしたのでござります」

と、玉露は頭を下げたのである。

三

「なるほど……」

と、晴明は、何やら思案する様子でうなずいた。

「神泉苑の中に入ると月に雲がかかり、出れば晴れるというのは、おかしいことですね」

「はい」

と、庭に立っている玉露がうなずいて、頭を下げる。

そこで、博雅が口を挟《はさ》んできた。

「晴明よ、おれたちがここにいる間、月は一度も曇らなかったぞ。ということは、つまり、曇るのは神泉苑の上の空だけということではないか――」

「そういうことだ。そうなるとこれは、自然《じねん》のことではなく、何かの呪の力が働いているということだな」

「うむ」

「これがもし、自然の星の動きや、雲や風のことであれば、おれにも手におえぬことなのだが、何かの呪ということであれば、多少のことはできよう。それに――」

「それに？」

「道満殿のお声がかりということであれば、ゆかぬというわけにもゆくまい」

「だろうな」

「では、ゆこうか」

「ゆく？　どこへだ」

「だから、玉露殿と共に神泉苑にさ。もしも今夜を逃《の》がせば、また三月《みつき》かかるということであろう。おれがゆくことで、なんとかなるやもしれぬからな――」

「うむ」

「それに、道満殿が何をたくらんでいるのか、おれも知りたいのでな」

「わかった」

「では、ゆくか」

「ゆこう」

「ゆこう」

そういうことになったのであった。

四

晴明、博雅、玉露の三人で、神泉苑の中に入っていった。

中天から西の天へ傾きかけた満月が、空に皓皓《こうこう》と輝いている。

蓮《はす》の花びらは、いずれも半分以上閉じて、静かにそこで月光を浴びている。

うっとりとした溜め息が出るほど美しい。

池の面《おもて》に月が映っている。

蛍が幾つも闇の中に飛んでいる。

あちらこちらで、蟾蜍《ひきがえる》の鳴く声がする。

露草や釣船草《つりふねそう》、ねこじゃらしなどの草の先に、夜露が、月の光を宿して点々と光っている。

池のほとりで足を止め、

「はて――」

と、博雅がつぶやいた時、それまで鳴いていた蟾蜍の声が、ひとつ、ふたつと急にその数を減らしはじめた。

気がついた時には、あれほど鳴いていた蟾蜍の声が、ひとつも聞こえなくなっていた。

天を見あげた博雅が、

「おう……」

と、声をあげた。

さっきまで晴れていた空が、月が掛かっていたあたりから、急に曇りはじめたのであった。

見あげれば、どこから湧いてくるのか、黒い雲が数を増して、月の光を遮《さえぎ》ってゆく。

あたりが、急速に暗くなってゆく。

「ほんとうじゃ、我らが神泉苑に入ったら、急に月が翳りはじめたぞ」

博雅が言う。

と――

ぽっ、
と、灯りが点った。

晴明の左手に、人形《ひとがた》をした紙が握られていた。

その紙の人形が燃えていた。

晴明が、それに火を点したのだ。

晴明は、その灯りを池の方へかざし、

「見よ」

そう言った。

博雅と、玉露が、池へ眼をやった。

「これは――」

「まあ」

博雅と玉露が、ほとんど同時に声をあげていた。

池の水の面に、何匹もの無数の蟾蜍が池中から顔を出し、口を開けて天の月を見あげているのである。

よく見れば、いずれの蟾蜍も、その口から、青黒い、もやもやしたものを一斉に吐き出しているのである。

雲気《うんき》――瘴気《しょうき》のようなものが、蟾蜍たちの口から天へ立ち昇っているのが見える。それが、天に昇り、凝《こ》って雲となり、月を隠しているのである。

「なるほど、こういうことでしたか」

晴明が指を離すと、燃えている人形が、ふわりと宙に浮いて、さらに燃え続けた。普通であれば、もうとっくに燃え尽きているはずなのに、まだ、半分も燃えていない。

晴明は、懐からあらたに紙片を取り出すと、それを、指で裂き、鳥の形を作った。

その鳥の形をした紙片を、軽く宙に放り投げるようにすると、それはたちまち白鷺《しらさぎ》の姿となって飛びあがり、池に降り立った。

同じものを何羽か作り、同じように宙に放りなげると、それはいずれも白鷺の姿となって池に降り立った。

鷺たちが、池をついばみはじめると、たちまち、蟾蜍たちは水面から姿を消して、それと共に瘴気も吐き出されなくなり、月を隠していた雲が晴れはじめた。

もとのように、満月がまた姿を現わした。

「おう……」

「まあ……」

博雅と玉露が声をあげた。

「さあ、どうぞ、月の雫《しずく》をお集めなされてかまいませんよ」

晴明が、言った。

玉露が、懐から土器を出して、それに月の光の宿った夜露を集めはじめた。

しかし、急いだためか、まだいくらも集めないうちに、指先から土器が離れ、地に落ちて、たまたまそこにあった石に当って、砕けてしまった。

「ああ、どうしましょう」

玉露は、途方にくれたような顔をあげ、すがるように晴明を見た。

「大丈夫です。道満殿ほどではありませんがわたしも、その土器の代りとなるものは御用意できますよ」

晴明は、言いながら、池の水際に立って、そこに生えた蓮の葉を見回した。

「それほど大きくなくてよいでしょう」

そう言って、晴明は、近くにあった蓮の葉を一枚、伸びた茎から折りとった。

「すでにたっぷりと月の光を浴びていますので、すぐにすむと思いますよ」

晴明は、蓮の葉を左手に持ち、右手を月光の中へ差し出し、何かを掬《すく》いとるような仕種をしながら、掬いとったそれを、葉の表面に撫でつけるように手を動かした。

そして、短く呪を唱えた。

「さあ、これで、充分道満殿の土器の代りは務《つと》まるでしょう」

そして、その葉を、玉露に渡したのであった。

玉露は、その葉で、月の宿った夜露を受けた。

「これで、充分でござります」

玉露が言った。

「では、最後のしあげをいたしましょう」

晴明は、そう言って、今度は、閉じた蓮の花から、花びらを一枚、もぎとった。

その花びらを、葉に溜った夜露の上に被《かぶ》せ、これも短く呪を唱えた。

「さあ、では、ゆきましょうか」

晴明が言った。

「どちらへ？」

怪訝《けげん》そうな顔をして、玉露が晴明を見た。

「あなたの庵へ。ついでに、西極寺の観音菩薩さまにも御挨拶《ごあいさつ》をしておかねばなりませんから――」

晴明が言うと、

「おい、晴明、どういうことなのだ。夜分、この方をお送りするというのはわかるが、西極寺にもゆくというのは？」

博雅が問うてきた。

「行ってみないことには、まだおれにもよくわからぬところがあるのさ。まあ、博雅よ、ゆけばわかろうさ――」

晴明は、もう、玉露をうながして、足を踏み出していた。

五

最初に寄ったのは、通り道にあった西極寺であった。

本堂の中に入ってから、晴明がまた、灯りを点した。

その灯りの中で、晴明は、本尊である十一面観音を見た。

灯りを近くに浮かせ、顔を寄せてしげしげと菩薩の尊顔を眺め、

「では、庵の方へ――」

晴明はそう言った。

この間も、玉露は、月の宿った夜露を溜めた蓮の葉を両手でこぼさぬよう持っている。

そのすぐ横には博雅が立って、玉露が転んで、蓮の葉を落としたりせぬように見張っているのである。

一同で、外へ出た。

玉露の庵は、西極寺のすぐ西側にあった。

玉露を先頭にして、枝折戸《しおりど》をくぐり、庵の中へ入ってゆくと、庵の中には灯りが点されていた。

玉露の顔を見るなり、

「玉露さま……」

紗庭は、跳びつくように駆け寄ってきた。

「心配しておりました」

言った紗庭の視線が、晴明と博雅の方へそそがれた。

「こちらは?」

「安倍晴明さまと、源 博雅さまにござります——」

玉露が、短くこれまでのことを説明した。

「さようでござりましたか」

帰ってくるはずの刻限に、玉露が帰ってこなかったので、ずっともどりを待っていたのだという。

夜具の上に横になっていた速男も、今は起きあがって、晴明たちの前に座している。

「さあ、玉露殿、色々話したきこともおありでしょうが、まずはそれを速男殿に飲んでいただきましょう」

晴明が言うと、蓮の葉を両手に持って玉露がいそいそと前に出てきた。

玉露が、速男の前に膝を突いて、

「さあ」

と、蓮の葉を差し出した。

「お待ちを――」

晴明は、そう言って、膝で玉露の横へにじり寄った。

「これを取りましょう」

晴明が、右手の人差し指と親指で、葉の中央に伏せておいた蓮の花びらをつまんで、それを取り去った。

「おう……」

「まあ……」

博雅と紗庭が声をあげたのも無理はなかった。

蓮の花びらの下から出てきたのは、ころりと丸く溜《たま》った、杯一杯ほどの分量の水であった。

しかも、なんと、透明なその水球の表面に、青い満月がひとつ、閉じ込められてきらきらと輝いていたのである。

「なんと……」

速男が声をあげた。

「なんと美しい……」

ひとつだけ、燈台に点された炎の明りの中で、それが宝石のように光っている。

屋根の下であり、天に出ている月が、そこに映じているといったものではない。

「私のような男のために、どうしてここまでしてくだされるのでしょう」

速男の眸には、こぼれ落ちる寸前の涙が溜っている。

「さあ、これを――」

言った玉露のその声が震えた。

速男が受けとろうとしたその時——

「あっ」

と、声があがった。

手渡しする時に葉が傾いて、水滴がころりと転がって、葉の外にこぼれ落ちてしまったからである。

玉露が、手を伸ばしてそれを掌《て》で受けようとしたのだが、それは失敗した。

やっと、玉露の指先を濡《ぬ》らしただけで、水滴は、落ちて床を濡らしていたのである。

「ああっ、なんということを——」

玉露が、声をあげて、床に泣き伏した。

晴明は、哀しそうな眼でその姿を見た。

「おなげきになるには、およびません。たとえ、道満殿のお教え下された月の露はなくなろうとも、速男殿をもとのようにもどすことはできるのです」

晴明は言った。

玉露は顔をあげ、

「本当に？」

そう問うた。

「はい」

「どのようにして？」

「それは、これからお話しいたしますが、その前にひとつうかがわせて下さい」

「何でしょう」

「さきほど、西極寺へ寄って、観音菩薩の像を見てきましたが、そのお身体から、微かに麝香《じゃこう》の匂いがいたしました。あなたのお身体からも麝香の匂いがいたしますが、これは、どういうわけでござりましょう」

晴明に問われ、

「そのことなら、不思議なことではござりません」

玉露は言った。

「わたくし、三日に一度は、観音さまのお身体の埃《ほこり》を布にて拭《の》ごうているのでござりますが、そのおり、必ず、わたくしの匂い袋でそのお身体を拭《ふ》かせていただいておりますので、きっと、その匂いがついたのでござりましょう」

「匂い袋？」

「麝香の入った匂い袋にござります」

「それは、いつもお持ちなのですか？」

「はい。このように――」

玉露は懐に手を入れ、その匂い袋を取り出して、晴明に見せた。

「ははあ、なるほど。それでわかりましたよ──」

「何がです？」

「何もかもです」

「といいますと？」

玉露に問われて、晴明は、小さく眉を寄せて、また哀しそうな表情を、その眼に浮かべてみせた。

「わたしの思うところを、何もかも、今ここで申しあげてしまってよろしいでしょうか」

晴明は言った。

「どうぞ」

「そのことは、皆さまにとって、必ずしも耳にした方がよかったというものにはならないかもしれません」

「どうぞ、おっしゃって下さい」

晴明は、少し沈黙し、玉露の顔を見つめ、紗庭の顔を見つめ、そして、速男の顔を見つめた。

「どうぞ、おっしゃってくださりまし──」

速男も晴明をうながした。

「どうぞ」

と、紗庭も言った。

「おい、晴明、ここまで話したのじゃ。皆も話を聴きたいと言うている。おまえが、何を心配しているのか、何を話そうとしているのか、おれにもわからないが、話してさしあげたらどうじゃ」

博雅の言葉に、

「わかった——」

覚悟を決めたように、晴明はうなずいた。

「申しあげましょう」

晴明は、顔をあげ、

「まず、速男殿の御病気ですが、もう、御病気そのものは、とっくに治《なお》っているということです——」

そう言った。

「何だって?」

これは、博雅が言った言葉である。

「何をいきなり、そのようなことを言うのだ、晴明よ——」

「いや、博雅よ。速男殿は、本当に御病気の方はすでに治っているのだ。それが、まだお悪いように見えるのは――」

「何なのだ。まさか、それは――」

博雅がそこまで言った時、その言葉を遮るように、

「それは、そのようにしむけている方がいるということなのだ、博雅よ」

晴明は言った。

「なに!?」

「さきほど、おれは、速男殿がしゃべった時に、その息の匂いを嗅いだのだが、巴旦杏《はたんきょう》に似た香りがした……」

巴旦杏、李《すもも》の匂いである。

「しかし、巴旦杏の匂いとは少し違う。それは、不帰百合《もどらずゆり》の根の匂いだ」

「不帰百合?」

「百合に似た花を咲かせるが、実は、百合ではない。ハシリドコロの仲間だ。この根を干して、それを煎《せん》じたものを飲まされると、足が萎《な》え、歩けなくなってしまう……」

「な、な……」

「だから、それを、速男殿に飲ませた方がいるということなのだ」

「こ、この中にか――」

「そうだ」

「そ、それは……」

博雅がそこまで言った時、

「わたくしでござります」

紗庭が、そう言って、わっ、と泣き崩れた。

「い、いったいどういうことなのじゃ、これは……」

「速男殿のことを、お好きになってしまわれたのですね」

優しい声で、晴明が言った。

「は、はい……」

衣《きぬ》の袖で、眼頭をぬぐいながら、紗庭はうなずいた。

「看病《かんびょう》しているうちに、速男殿のことが好きになってしまった。しかし、病気がよくなって、歩けるようになれば、速男殿は播磨へ帰ってゆくことになる……」

「そうです。その通りでござります。それで、治りかけた速男さまに、不帰百合の根を……」

出た先で、あるいは山の中で、百合の根と間違えてこの根を食べると、足が萎えて動けなくなり、帰ることができなくなる。

それで、不帰百合《もどらずゆり》という名がついた。

晴明は、次に、玉露を見た。

「玉露殿、あなたも同じですね」

「わ、わたくしも？」

「そうです。御自身では気づいていらっしゃらないと思うのですが、あなたもまた、速男殿のことを好きになり、そして、帰ってほしくないと思うようになってしまった……」

「まさか、わたくしが……」

「そうです。それで、あなたが、今夜、あのように、神泉苑で月を隠したのです」

「でも、いや、ですが——」

「土器を、落として割りましたね」

「そ、それは……」

「ここまでの道中は、博雅に見られており、なかなかこぼすことができませんでしたが、いよいよ、速男殿が夜露を飲むことになった時——つまり、今しがたのことですが、あなたは、夜露をこぼしたのです——」

「そんな……」

「もちろん、あなたが、意識してそれをやったとは申しあげておりません。やったのは、あなたの内なる心です。これまで、何人もの男が、あなたから去ってゆきました。それで、あなたは不安になり、久しぶりにここへやってきた男性である速男殿を、帰したくないと思うようになったのです」

「でも、わたくしは、あのように、蟾蜍を操ることなど……」

「いいえ、あれをやったのはあなたではありません。あなたは願ったのです。それを受けて、神泉苑の蟾蜍に瘴気を吐かせたのは、あなたが、三日に一度、菩薩のお身体をぬぐってさしあげた、あの匂い袋。今、それを見せていただきました……」

「そうです。わたくしもまた、看病するうちに、速男さまのことを、お慕《した》い申しあげるようになっていたのです。しかし、われしらず、そのようなことをしていたとは——」

「あなたの心に、匂い袋が感応したのでしょう。長い間、仏の身体を拭いた匂い袋、いつの間にか、そのような力を持つにいたっていたのでしょう。さきほど、麝香の匂いを嗅いだ時、それがわかったのです」

「では、道満さまは……」

「こちらへうかがった時、何もかも気づかれたということでしょう。しかし、最後までこれにつきあうつもりはなかった。それで、このわたしの名前を出したのでしょう——」

晴明が言うと、わっと、玉露もまた泣き崩れた。

六

三日後の晩――

晴明と博雅は、簀子の上で、酒を飲みながら、少しずつ欠けてきた月を見あげている。

「玉露殿と、紗庭殿、あれからどうなされたのであろうかなあ――」

博雅が、深い溜め息と共に言った。

「さあな。あれから先は、我らに手出しのできぬところだからな……」

「うむ」

博雅が、杯の酒を干した。

少し、杯の重ね方がはやい。

空になった博雅の杯に、蜜虫が酒を注いでいる時――

「おるか、晴明――」

そういう声が、庭からした。

眼をやれば、月光を浴びて、草の中に、青く濡れたような姿で老人が立っていた。

蘆屋道満である。

「これはこれは、道満さま。そろそろいらっしゃるころあいかと思っていました――」

晴明が言った。

「ふふん」

と、道満は鼻を鳴らし、近づいてくると、簀子の上にあがってきて、そこに座した。

「杯を――」

晴明が言うと、蜜虫が懐から杯を取り出して、それを道満に渡した。

道満が手にした杯に、蜜虫が酒を注ぐ。

うまそうに喉を鳴らして、その酒を干した。

「うまく、やってくれたようじゃな……」

道満は言った。

「道満さま、始めから何もかもわかっていらしたのでしょう？」

晴明が問う。

「まあな」

「とんでもないことを押しつけられてしまいました……」

「すまぬ。いずれ、何かあろうとは思うてはいた。しかし、酒を馳走になってしまったとあっては、放ってもおけぬ。酒をもろうたら、礼をせねばな。それでおまえの名を出したのさ、晴明よ――」

「酒ならば、道満さまには何度もここでめしあがっていただきましたが――」

「ばか」

道満は言った。

「晴明よ。礼だの何だのと、それは、他人どうしのやりとりのことぞ。ぬしとおれとは……」

「他人ではない、そういうことですか？」

「言わせるな」

道満が、空になった杯に、蜜虫から酒を注いでもらいながら、少し照れた。

「人とは、なかなかにたいへんなものにござりまするな……」

博雅が言う。

「うむ」

道満がうなずく。

「しかし、道満さま。いかようなことになろうとも、よかったと思うことが、われらにはござりますよ」

「何じゃ」

「今宵《こよい》、この場所で、このように酒を飲む時を持つことができるということです……」

博雅が言った。

「博雅、笛を——」

晴明が言った。

「うむ」

と、うなずき、博雅は杯を置いて、懐から葉二《はふたつ》を取り出した。

唇をあて、静かに吹きはじめた。

ほろほろと、優しい光る糸のように、笛の音《ね》が月光の中を伸びてゆく。

晴明は、笛の音を眺めながら、月の映った酒を口に含んだ。

木犀月《もくせいづき》

一

夜気の中に、ほのかに漂っているのは、木犀《もくせい》の花の匂いである。

どこかあまやかで、消えかけた悲しみのような香りが、闇の奥から風に乗って運ばれてくるのである。

闇の中のどこにこの花が咲いているとは眼に見えぬのだが、それがまたかえって嗅ぐ者の心をときめかせたりもするのである。

「よい香りだなあ、晴明《せいめい》よ――」

杯を片手に、博雅《ひろまさ》はうっとりとした声で言った。

「まるで、心を残しながら去ってゆくお方《かた》のその想いが、風に乗って届いてくるようではないか……」

土御門《つちみかど》大路《おおじ》にある安倍《あべの》晴明の屋敷の簀子《すのこ》の上である。

そこに、博雅、晴明、蟬丸法師《せみまるほうし》の三人が、座して酒を飲んでいるのである。

燈台《とうだい》に、灯りをひとつだけ点し、夕刻から飲みはじめて、もう、深更《しんこう》になろうとしている。

「今宵《こよい》は、月がひときわ大きく明るく見える日にございますれば、これを眺めながら酒でもいかがでしょう」

と、晴明が、蜜虫《みつむし》に文《ふみ》を持たせ、博雅のところへやったのである。

博雅のところへたまたま琵琶のことで顔を出していた蟬丸が、

「なれば、御一緒に——」

と、博雅とともにやってきて、三人で飲みはじめたのであった。

三人の傍にあって、杯が空になる毎《たび》に、そこへ酒を注いでいるのは蜜虫であった。

しかし、夕方近くまで晴れていた空に、夕刻、雲が懸《か》かりはじめ、月が出る前に空を雲で覆ってしまったのである。

ちょうど、木犀の花の咲く頃であり、それならばと、自然に月ではなく木犀に話題が移って、月が出るのを待ちながら、酒を飲んでいるところだったのである。

すでに、夏ではない。

しかし、秋と呼ぶにはまだ早い、この季節の境目《さかいめ》に咲いて香るのが、この木犀の花であった。

庭のどこかで、秋の虫が鳴いている。

「天に、月の気配がいたしますね」

そう言ったのは、蟬丸であった。

「雲に隠れて見えぬとのことでございますが、その雲のあちらに、月の気配がいたします」

蟬丸は、もとより盲目である。

見えぬものを見るのは、耳であり、香りであり、手触りであり、そして、気配である。

その月の気配がするというのである。

「おう、それはまさしく、今、我々が嗅いでいるこの木犀の薫りのようですね。月は雲のあちらにあって見えずとも、その気配が届いてくる。木犀の花も、闇に包まれて眼に見えずとも、匂いが届いてくる……」

博雅は、少し饒舌《じょうぜつ》である。

博雅は、懐に、龍笛の葉二《はふたつ》を入れてきている。

しかも、傍には蟬丸がいる。

博雅は、この盲目の琵琶法師の琵琶と、自分の葉二とを合わせたくてたまらないのである。その心が、この漢《おとこ》を、常《つね》よりも口数を多くさせているらしい。

「博雅よ……」

蜜虫が酒を満たしたばかりの杯を手にとって、晴明は博雅に視線を向けた。

「笛を──」

博雅の心を見てとったかのように、晴明は言った。

「お、おう……」

博雅は、持っていた杯を置いて、懐へ手を入れ、いそいそと葉二を取り出した。

「何を吹こう?」

「心のままでよい」

「では」

博雅は、葉二を持ちあげ、唇にあてて、吹いた。

笛の音《ね》が、滑り出てきた。

最初は、少し急《せ》くようにこの世に生まれてきた笛の音であったが、すぐに闇と馴染《なじ》んだ。

その音が、木犀のあまやかな、わずかながら哀しげな香りと溶けあって、秋のはじまろうとしている晴明の庭に、喨々《りようりよう》と響く。

博雅は、眼を閉じて、葉二を吹いている。

晴明は、唇へ運ぼうとしていた杯を途中で止めて、やはり眼を閉じて笛の音を聴いている。

そこへ――

「月が、出ましたね……」

蟬丸の声が響いた。

晴明と博雅が、眼を開くと、雲が割れて、天に満月が出ていた。

おう……

と、博雅と晴明は、心で声をあげた。

見あげれば、おおどかな、ひときわ大きな丸い月が明るく輝いている。

博雅の笛が、雲に届いているのか、次々に雲が割れて、晴れやかな夜空が広がってゆく。

どうしてわかったのか――

晴明の眼が、蟬丸にそう問うている。

「月の光が、頰を撫でてゆきましたので……」

蟬丸が言った。

ちょうど軒《のき》から差してきた月の光が、蟬丸の頰に当っている。

まるで、眼が見えているかのように、蟬丸の顔は、あやまたず月の方角を見あげている。

博雅の眼が、蟬丸を誘っている。

その気配を、笛の音で覚ったのか——

「では、わたくしも合わせましょう」

蟬丸が、傍に置いてあった琵琶を手にとって、膝の上に抱えた。

ひと撥《ばち》あてた。

唵無《おむ》……

と、琵琶が響く。

準備が整いましたよ、というこの知らせで、博雅の笛の音が、変化した。

風のようになった。

風が、誘うように、自然《じねん》に吹きわたりながら、蟬丸が入ってくるのを待つ風情であった。

「では、昇月《しょうげつ》を……」

蟬丸が、また、絃《いと》に撥をあてる。

びおむ……

絃が鳴る。

流泉《りゅうせん》、啄木《たくぼく》と並んで、唐から渡ってきた秘曲であった。

琵琶の音が、嫋々《じょうじょう》と、闇を震わせてゆく。

それに、博雅の笛が和した。

すでに、木犀の薫りと一体となっていた笛の音が、琵琶の音《おと》と重なりあって、月光の中に溶けてゆく。

まるで、真上の月に吸いあげられるように、琵琶の音と笛の音が、天に昇ってゆく。

「良きかな……」

晴明が、うっとりと眼を閉じる。

昇月が終ると、自然にまた次の曲が始まり、その曲が終ると、また次の曲が始まった。

しばらくそれが続いて、天の彼方に溶けてゆくように、ふたりの奏《かな》でる音が消えた。

消えた後もまだ、楽の音はそれぞれの心の中で鳴っているようであった。

と――

月光の中に、ぎらり、と光るものがあって、それがくるくると回りながら落ちてきて、どすんと音をたてて、庭の土の上で止まった。

「はて――」

と、声をあげたのは蟬丸法師であった。

晴明と博雅が、その音のした方へ眼を向ける。

「蜜虫」

晴明が言うと、蜜虫が立ちあがって庭へ降りた。

天から落ちてきたものを拾いあげて、重そうにそれを持って簀子の上にあがってきた。

「斧《おの》でございます」

蜜虫が、灯火の中にそれを差し出して、頭を下げた。

「斧?」

博雅が、怪訝《けげん》そうな表情で言った。

「斧、でございますか……」

蝉丸が言う。

「確かに斧だが……」

晴明は、蜜虫からその斧を受け取った。

重い。

そして、古い。

使いこまれて柄《え》の握りのあたりは手の脂《あぶら》で黒く光っており、どれほど強い力で握られてきたのか、そこだけ指のかたちにくぼんでいる。

柄は樫《かし》でできているようであった。

「作りとかたちが、この国のものではないな……」

つぶやいたのは、晴明であった。

「まさか、天の国の……」

博雅が言いかけたところへ、

「唐だな」

晴明が言った。

「わかるのか」

「ここに、名らしきものが刻まれている」

晴明が、ごとりと簀子の上にその斧を置いて、柄の尻のあたりを指差した。

そこに、

〝呉《ご》〟

と刻まれている。

「確かに——」

しかし、どうして、このような斧が天から落ちてきたのか。

屋敷の外から誰かが投げ入れてきたのか。

それにしては、天のよほど高いところから、真っすぐに落ちてきたように見える。塀の向こうから投げ入れたのなら、山なりに落ちてくるのではないか。

「いったい、この斧はどうしてここに落ちてきたのかな……」

博雅がつぶやいた時——

「おうい」

と、庭から声がした。

そちらへ眼をやると、そこに、ひとりの男が立っていた。

唐人風に、頭に髷《まげ》を結いあげていて、着ているものを片肌脱ぎにした筋骨逞《たくま》しい男が、月光の中に立ってこちらを見ている。

「その斧は、このわしのものじゃ。返してくれぬかの――」

それを受けて、

「この斧、あなたさまのものということは、もしや、あなたさまは、御名《おんな》を呉剛《ごごう》さまというのではありませぬか――」

晴明が問うた。

「確かにわしは、呉剛という者だが、おぬしどうして我が名を知っておるのじゃ」

「この斧に、呉と名が刻まれております。一年のうちで、月がもっともこの地に近づく夜、月より斧が落ちてきて、そこに〝呉〟と刻まれていれば、これはもう、呉剛さまをおいて他にはござりませぬ」

晴明が言うと、

「おい、晴明よ。おまえ、どうしてそのようなことがわかるのじゃ。どうしてその斧が月から落ちてきたなどと……」

博雅が言った。

すると、晴明は、

目には見て手にはとらえぬ月の中《うち》の
かつらのごとき妹《いも》をいかにせむ

歌を口にした。

「そ、それは……」

「『万葉集』の中にある歌さ……」

〝目に見ることはできるのに、手で捕らえることのできない、月の桂《かつら》のようなあなたを
どうしたらよいのでしょう〟

そういう意の歌だ。

「博雅よ、こちらの呉剛さまは、月にあって、日々、桂の木——木犀を切り倒そうと斧を振《ふる》っておられる神仙ぞ——」

晴明は言った。

「おやおや、すると、そなたはわしのことをひと通りは知っておるということか——」

「ええ」

「古い話じゃ」

「この、あなたさまが切ろうとしている木、幾つかの書によれば、実は桂ではなく、木

犀の木とございますが、それでよろしいのでしょう？」

「いや、その通りじゃ……」

その男――呉剛は、太い指でごりごりと頭を搔き、笑った。

二

呉剛――もとは樵《きこり》であった。

山の中で木を切って妻とふたりで暮らしていたのだが、生来のなまけものであった。

「働かずに、いつまでも永遠に生きてゆくことができたら、こんなに楽なことはなかろう――」

と、いつも考えていた。

ある時、呉剛は、仙術を学んで仙人になればよいのではないかと思いついた。

仙人になれば、不老不死――永遠に生きることができる。

働かずとも、この天地の気を吸えばそれでよいのだ。

「ちょいと、出かけてくる」

よい師を見つけて、仙術を学び、仙人になってもどってくる――

妻にそう言い残して、呉剛はひとりで旅に出てしまったのである。

呉剛は、旅先で、これはと思う何人かの師と出会い、仙術を学ぼうとしたのだが、もとより仙術を学ぶための修行は楽ではない。穀断《こくだ》ちをしたり、水行をしたり、山に入って飲まず食わずの荒行をする。呉剛は、その苦行に耐えられず、逃げ出しては別の師につき、その師のもとからも逃げ出して、また別の師に就《つ》くということの繰り返しであった。

終《つい》には、仙人になりきれず、思えば故郷の妻のことが恋しくなるばかりである。歳月を旅の空で重ねたあげく、妻のもとへ帰ることにした。

一方、妻の方は、何年たっても夫の剛は帰ってこないし、音沙汰《おとさた》もない。

剛はもう死んでしまったか、自分のことなど忘れてしまったに違いない——と考え、伯陵《はくりょう》という男と再婚した。

子供が三人でき、その子供が、庭で楽しく遊んでいる時、ひょっこり呉剛が帰ってきたから、話がややこしくなった。

帰ってきた呉剛はびっくりした。

もどってみれば、自分の家の庭で、三人の子供が遊んでおり、その横では見知らぬ男が薪《まき》を割っている。

軒下では、妻がこれもまた嬉しそうに布を織っている。

「これはどういうことなのだ」

剛は妻を問いつめた。

びっくりしたのは、妻も同じである。

「あなたが死んだと思い、こちらの方と再婚して、子供も生まれました」

妻はそう言った。

「おれは、おまえのことを、片時でさえ忘れたことはなかったのに——」

心に、怒りが込みあげ、剛は近くにあった棒を拾いあげ、

「よくもおれの妻に手を出したな」

そう叫んで伯陵に襲いかかった。

「やめて」

と妻が止めるのもかまわず、逃げまどう伯陵を追いつめ、その頭を何度も棒で打ちすえたところ、ついに伯陵は頭を割られ、血を流して死んでしまったのである。

その騒ぎに、やってきた近所の者たちは、

「呉剛も身勝手な奴だ。ずっと妻を放っておけば、他に男を見つけて再婚するのもあたりまえではないか」

そう言った。

しかし逆に、

「いくら帰って来ないとはいえ、死んだという知らせもないのに、別の男とくっつくのは妻の方も悪い」

このように言う者もいた。

この騒ぎを聞きつけたのが、天の炎帝《えんてい》である。

死んだ伯陵は、炎帝の子孫のひとりでもあったことから、炎帝も放ってはおけない。

しかし、妻の方にも非がなくもない。

それで、炎帝がしたのは、呉剛を望み通り仙人にしてやるかわりに、天の月へ昇らせて、そこに生えている高さ五百丈もある木犀の木を切らせることであった。

それで、呉剛は、月で木犀の木を切り倒そうと斧をふるいはじめたのだが、この木が尋常《じんじょう》の木ではない。

その木犀の木は、いくら斧を打ち込んでも、その傷口がたちまち塞《ふさ》がってしまうという神木であった。

それで、呉剛は、くる日もくる日も、木犀の木を切り続けているのである。

いまや神仙のひとりである呉剛は、死ぬことはないので、永遠にその木を切り続けることとなってしまったのである。

三

「まあ、そういうお方なのさ——」

唐の古《いにしえ》の書に記された物語を、晴明はかいつまんで、博雅に語った。

「晴明、では、おまえ、その話を……」

「月の御《おん》物語ぞ。天文博士としては、そのくらいは知っておかねばな――」

晴明は、こともなげにそう言った。

「まあ、そういうわけで、かれこれ四千年は切り続けているのだが、どうにも、あいてはしぶとくて、まだ切り倒すことができぬのだ」

と、呉剛は言った。

「で、いったいどういうわけで、呉剛さまの斧が、ここへ落ちてきたのでしょう」

晴明が訊ねた。

「いや、それがなあ……」

月で、木犀を切っていたところ、何やらよい香りと共に、笛と琵琶の音が聴こえてきたというのである。

いつも切っている月の木犀とは違う、地上の木犀の匂いであった。

「ははあ――」

今宵は、月が地に一番近くなる晩である。

それで、地上の音や匂いが届いてくるのであろう。

しかし、それにしても、この月まで届いてくるとは、よほどの上手、名手が笛を吹き、琵琶を弾じているのであろう。その楽の音《ね》と木犀の花の匂いとが溶けあい、この月の木犀と引きあって、地上から昇ってくるのであろう。

「で、その楽の音に聴きほれているうちに、手元がおろそかになって、振った拍子《ひょうし》に斧を取り落としてしまったのさ——」

なにしろ、神仙が力いっぱいにふるう斧である。

勢いが余って、そのまま、

「ぬしの屋敷の庭に落ちてしまったのさ。心のうちに、この笛と琵琶のことを思うていたので、その心が斧にのりうつって、笛と琵琶の音を逆にたどってきたのであろう」

呉剛は、しみじみと言った。

「まあ、馬鹿なことをしてしまったよ……」

呉剛は、ちょっと哀しげな表情になって、

「しかし、このようなことがたまにあるのなら、次の四千年の楽しみができたということだ。そもそも、人とは無限にことを繰り返すものでな。わしがやっていることも、この地上で人がやっていることも、実はあまりかわらぬのではないかと、この頃の千年は思うようになったのじゃ……」

このようにひとりごちた。

「どうぞ、一杯いかがですか——」

晴明に言われて、呉剛は杯を手に取った。

蜜虫に注がれた酒を、呉剛はひと息に干して、

「ああ、うまい」

満足気に微笑した。

口をぬぐい、杯を返して、呉剛は斧を晴明から受け取った。

「さて、これで月に帰るとしようか――」

つぶやいて、呉剛は、晴明を見た。

「そこで、頼みがあるのだが――」

「なんでしょう」

「このわしは、仙人とはいえできそこないでな。月から降りてくることはできても、自力では月にゆけぬのだ。できることなら、また、笛と琵琶を所望したいのだが。その楽の音に乗ってなら、月に昇ることもできようからの――」

呉剛は言った。

「よろこんで――」

「つかまつりましょう」

博雅と、蟬丸がうなずいた。

蟬丸が、撥を絃にあてる。

さきほど弾いた、昇月である。

それに、博雅の笛が和した。

「おう……」

と、呉剛が目を細めた。

「では——」

呉剛が、月光の中へ足を踏み出した。

呉剛の身体が、浮きあがる。

まるで、月光の中に眼に見えぬ階段《きざはし》があるかのように、呉剛は、足を踏み出しながら天に昇ってゆく。

やがて、その姿が月光に溶けるように小さくなり——

そして、消えた。

呉剛の姿が、月の天に消えた後も、しばらく博雅の笛と、蝉丸の琵琶は、天地の間に響いていた。

水《みず》化《け》粧《わい》

一

その昔——

百済川成《くだらのかわなり》という絵師がいた。

絵については、並ぶ者のない達人であった。

川成、ある時、ある屋敷の襖《ふすま》に絵を描いた。

すると、その翌日から、この屋敷の池に放たれていた鯉の数が毎日減りはじめたというのである。

屋敷の主が不思議に思って、家の者に池を見張らせていたところ、夕刻になると、どこからともなく一羽の白鷺《しらさぎ》が飛んできて、鯉を食べてゆくのだという。

いったいどこからやってくる鷺なのか。

調べてみたら、驚いた。川成が襖に描いた絵の中に、一羽の鷺がいるのだが、この鷺が、毎日脱《ぬ》け出しては、池の鯉を食べていたというのである。

ある秋、庭の柿の実がよく生《な》ったというので、川成が戯《たわ》むれにこの柿を捥《も》いで、それを写した。

描き終ったあとで、

「おい、その柿を食うてみよ」

川成が言うので、弟子のひとりが、用の済んだ柿を食べてみたのだが、少しも甘くなかったというのである。不思議に思って、絵を舐《な》めてみたら、絵の柿が甘かった。

大覚寺の滝殿《たきどの》の壁に絵を描いたのも、この川成である。

川成、絵のみでなく庭のこともやった。

大覚寺の滝殿の庭石を、巨勢金岡《こせのかなおか》と一緒に置いたのも百済川成であった。

ある時、川成の従者《じゅしゃ》の童《わらわ》がいなくなった。

心あたりを捜したのだが見つからない。

もっと大人数で捜せばよいということになって、さる高家《こうけ》の下部《しもべ》たちを雇ったのだが、下部たちは、

「捜そうにもその童の顔が、我らにはわからぬ故、とても人相を耳にしただけでは捜しきれませせぬ」

もっともなことを言う。

「それもそうじゃ」

川成、その場で筆を取り、さらさらといなくなった童の絵を描いて、それを下部たちに見せた。

「わかりました」

とうなずいて、都へ散っていった下部たちであったが、ほどなく、

「見つかりました」

ひとりの下部が、件《くだん》の童を連れてもどってきた。

東市《ひがしのいち》で見つけたのだという。

くらべてみたら、その童の顔と、川成が絵に描いた童の顔は、瓜ふたつであったというのである。

同じ頃――

都に飛驒工《ひだのたくみ》という工《たくみ》がいた。

遷都《みやこうつり》した時に、大内裏《だいだいり》の朝堂院《ちょうどういん》や豊楽院《ぶらくいん》など、多くの建物を手がけ、その腕前は唐、天竺を合わせても並ぶ者がないと言われるほどの工《たくみ》であった。

百済川成と飛驒工、普段から酒を飲み、冗談を言い合うほど仲がよく、互いにその技を認めあっていた。

ある日――

この飛驒工から、川成が呼ばれたというのである。

「このたび、わが屋敷内に、一間四面《いっけんしめん》の堂を建てたる故、ついてはその壁に絵を描いていただきたい」

そういう意の文《ふみ》が届いたのである。

さっそく出かけてみれば、庭に、実《まこと》に可咲気《おかしげ》なる堂が建っている。

「では、内《なか》をごらんくだされ」

そう言われて、川成は縁《えん》に上がって、南の戸から入ろうとしたのだが、開いていたはずの戸が、はたと閉まってしまう。

それではと、縁を回って西の戸から入ろうとすると、これもまたはたと閉じてしまう。

同時に南の戸が開いた。

騙《だま》されるものかと、北の戸から入ろうとすると、その戸が閉じ、今度は西の戸が開く。

そんなわけで、あちらの戸、こちらの戸と中へ入ろうと縁をぐるぐる回ったのだが、ついに内《なか》へは入ることができなかった。

「いや愉快《ゆかい》」

飛驒工がおもしろがって笑った。

それから数日して、今度は、飛驒工のもとへ、川成から文が届いた。

「お見せしたいものがありますので、ぜひ我が家へいらして下さい」

という呼び出し状であった。

飛騨工、これは、川成がこのまえの仕返しをするつもりだなと思ったのだが、もちろん断われない。

どんな趣向で騙そうとしてくるのか興味もあった。

「騙されまいぞ、騙されまいぞ」

自分に言い聞かせて、飛騨工は川成の家に出かけていった。

案内《あない》を乞うと、

「どうぞこちらへ」

と、下部の者が、飛騨工を建物へ上げて、先に歩いてゆく。

「こちらでございます」

案内されたのは廊《ろう》のある遣戸《やりど》の前であった。

「では――」

と、飛騨工が遣戸を引き開けると、そこに人の屍体が横たわっている。

黒くふくれあがり、肉は腐《ただ》れて髪の毛が脱け、目だまはとろけ、歯が剝《む》き出しになっている。

たまらぬ臭気が顔にぶつかってくるようであった。

「あなや」

と叫んで、跳びさがると、内《なか》から笑い声が響いてきた。

見れば、遣戸を開けたところに障子が立てかけられていて、飛騨工が屍体と見たのは、その障子に描かれた絵であった。もちろん、これは、川成が描いたものである。

障子の陰から顔を出し、飛騨工を見て笑っているのは、川成である。

騙した方も騙された方も、いずれも当代の名人であり、

「さすが、百済川成」

「さすが、飛騨工」

と、これを耳にした人々は、ふたりを褒《ほ》め讃《たた》えたというのである。

二

女が、哭《な》いているのである。

鴨川の河原だ。

川の瀬音が聞こえている。

その川の瀬音に混ざって、あちこちの草叢《くさむら》で鳴く秋の虫の声も聴こえている。

月が出ている。

船のような姿をした上弦の月だ。

その月明りの下で、女が哭いているのである。

川の水際《みぎわ》である。

水面から出た大小の石や岩に囲まれて、瀬でできた波も、女の足元の水の面《おもて》までは届いてこない。そこの水は、鏡のように黒く澄んでいる。

女の哭く声は、細い。

ともすれば、周囲で鳴く虫の音《ね》に負けて、聴こえなくなるくらいであった。

虫の音よりも細く、切れぎれで、掠《かす》れている。

が、しかし——

こらえてもこらえても、何ものかが女の裡《うち》から溢《あふ》れ、こぼれ出てくるように、女の口から、すすり哭く声が洩れ出てくるのである。

何が哀しいのか、何をこらえているのか、それはわからないが、ともかく、女は、鴨川の水際にしゃがんで、顔を伏せ、蒼白い指で顔を覆《おお》い、むせび泣き続けているのである。

女が、ふと顔をあげた。

あげたその顔に月光が差すのを見れば、歳のころであれば、三十路《みそじ》を幾つか過ぎたあたりであろうか。

女が、顔をあげたのは、人の気配を感じたからである。

河原の石を踏んで、人影が近づいてくるのが見えた。

男である。

女は、立ちあがった。

立ちあがったまま、女が逃げもせずそこに立っていたのは、たとえ相手が盗人であれ、鬼であれ、自分などもうどうなってもよいと思っていたからであろうか。

近づいてきた男は、女の前に立った。

歳は、四十歳ほどと見えた。

眉、眼、鼻、唇——いずれも線が細くあやうげな貌《かお》だちをしていたが、しかし、美しい。

そのたたずまいは、露の如くに明日の朝の光の中に消えていってしまいそうであったが、それがかえってはかなげで、美しく見えた。

「今、泣いていらっしゃったのは、あなたですね……」

男は、訊ねてきた。

「何か、哀しいことでもおありなのですか」

しみ通るような声であった。

その声が、あまりにも、優しげであったので、女はまたそこで、嗚咽《おえつ》しはじめてしまったのである。

三

怪しの女が、出るというのである。

鬼だ、と言う者もいる。

女の鬼であると。

女であれ、鬼であれ、いずれにしろ、出る。

「祟《たた》られているのだ」

と言う者もいる。

その怪しの女に祟られているのも、女であった。

名は、明子《あきこ》。

齢《とし》は二十歳《はたち》ばかりで、頬のふっくりとした肌の白い女であった。

夜——

明子は眠っていたというのである。

同じ家に、何人かの端女《はしため》と住んでいたのだが、寝る時はひとりである。

眠っていて、妙な感じがしたというのである。

胸のあたりが重いような、たれかが近くにいるような、空気にいやな臭いの混ざっているような……

なんだか苦しい。

息ができない。

半分は眠り、半分は起きている。

その起きている方の意識では、灯りが点いている。ちらちらと、いずれかに灯りが見えているような気がした。

これは、おかしい。

眠る前に、燈台に点っていた灯りは、消したはずであった。まさか、それが点いているとは——

それが気になって、眠りが浅くなっている。

ふっ、
と気がついた時には、横向きに寝た状態で眼が覚めていた。

やはり、灯りが点っていた。

消したはずの灯りが、どうして点っているのか。

自分は消したつもりでも、実は火は残っていて、眠っている間に、自然に灯が点ったのか。

起きて、灯りを消しにいってもいいのだが、そうすると、本当に眼が覚めてしまう。

それよりは、このまま眠ってしまう方がいい。今なら、起きずに、再び眠りの中《うち》へもどることができるであろう。

灯火は、もう点いたままでかまわない。

それで、そのまま眠りに落ちるため、寝返りを打ち、身体と頭を回して、顔を上へ向けた。

その時、明子は見たのだという。

女の顔が、二尺ほどの高さから、自分を見下ろしているのを。

しかも、その女は、枕のある側に座し、頭の方から、上体を前に倒して、明子を見下ろしていたのである。互いに、顔が逆さになるかたちで、上と下とで顔を見つめあっていたことになる。

灯火の明りの中に、その顔が見えた。

美しい。

しかし――

怖い顔であった。

ぎょっとした。

一見は、ただ静かに女の顔が見下ろしているように思えたが、その眼の奥に、青く燃える炎の色が見える。

ほんのり紅い唇が、笑っているようにも見える。

ああ……

この女《ひと》はわたしを憎んでいるのだ。

その顔を見て、すぐにそれがわかった。

やっと会えた——

だから、この女《ひと》は今、笑っているのである。

一瞬のうちに、それだけの思いが明子の心の裡に湧いた。湧いた、次の瞬間には、声をあげていた。

「たれか、たれか!?」

叫んで身を起こした。

灯りが、ふっ、と消えた。

明子の声を聞いて、家の者たちが集まってきた。

灯りが点されたが、その時には、もう、女の姿は見えなくなっていた。

あれは、幽鬼であったのか。

それとも、夢か幻であったのか。

自分を恨むたれかの生霊《いきすだま》であるのか。

明子には、見当もつかなかった。

次の晩は、明子が怖がって、家の者がひとり、付き添って寝た。

しかし、件の女は現れなかった。

二日、三日、四日が過ぎても、女は現われない。

五日目からは、またひとりでやすむようになり――

次に女が現われたのは、八日目の晩であった。

最初の時と同じであった。

夜、寝苦しくて眼を覚ますと、灯りが点いていて、女が上から明子を見下ろしているのである。

明子が叫ぶ。

家人《けにん》が集まってきた時には、もう、女の姿はない。

前の時と同じであった。

違っていたのは、女の眼が、前の時より吊りあがっていて、口の端も大きく裂けているように見えたことである。

三度目は、それから十日後であった。

今度は、七日間、家の者が付き添ったのだが、現われないというので、また明子はひとりでやすむようになった。

そうしたら――

二度目から数えて、十日後にまた現われたというのである。

現れ方は、前と同じだ。

眠っていると、寝苦しくなる。

たれかの気配を感じて、眼が覚めると、灯りが点いていて、女の顔が自分を見下ろしている。

家の者たちが集まってくると、もう、そこに女の姿はない。

これまでと違うことと言えば、女の顔が、さらに怖ろしくなっていたことだ。

眼がさらに吊りあがっていることに加え、犬歯までが長く伸びていたというのである。

四度目の時には、男がいた。

在原清重《ありわらのきよしげ》という、明子のところへ通《かよ》っていた男である。

三度目のことがあってから十日後のことであった。

四

その晩——

在原清重は、几帳《きちょう》の陰に身を潜め、息を殺していた。

周囲は、濃い闇である。

几帳の向こう側から、明子の寝息が聴こえてくる。

時おりその寝息が乱れるのは、眠りが浅いのか、まだ、本当には眠ってはいないのか。

自分の通っている女の身に、怪しのことが起こっていると聞かされては、清重も放っておくわけにはいかない。

これまでに、三度、怪しの女が明子の寝所にやってきたというのである。

明子が、泣きながら、怯えた声で事情を訴《うった》えてきたのは昨夜のことであった。

「明子や、明子や、心配はいらぬよ。このわたしがそなたを守ってあげるよ」

清重は言った。

色々と話を聞いてみれば、怪しの女がやってきたのは、いずれも、清重が通った翌日の晩であるという。

それならばと、清重は今朝がたいったん屋敷にもどり、まだ明るいうちに、そっとまた明子のもとへやってきて、夜になって、明子の寝所に共に入り、灯りを消して几帳の陰に隠れたのである。

几帳のすぐ向こうに、明子の柔らかな身体が横たわっていると思えば、すぐにも傍へ行って、抱いてやりたいが、今夜は寝ずの番をする約束をしている。

最初のうちは、清重も緊張している。

闇の中で眼を尖らせ、吐く息吸う息にまでその緊張がこもっていたのだが、あんまり何事もないまま夜が更《ふ》けてゆくうちに、緊張も解け、ついうとうととしてしまった。

眠っていたことに気がついて、眼を開いたら、几帳の向こうが、ぼうっと明るい。消したはずの燈台の灯りがいつの間にか点っていて、闇の中で、炎がゆらゆらと揺れている。

几帳の陰から顔を出して覗いてみれば——

いた。

明子の頭の先の床に座し、身をふたつに折って、女が、明子の顔を覗き込んでいるのである。

明子は、眠りながら、苦しそうに身をよじり、呻き声をあげているではないか。

その呻き声に重なって、

「恨《にく》らしや怨《うら》めしや可愛いその面《つら》してようも人の男をとりたるか。その紅き唇で、男の口を吸うたるか。男の精を呑みたるか……」

低く女の声が響く。

この声を耳にして、清重、思わず逃げ出したくなった。

几帳の陰より出て、

「これ女、その女房を何とする」

そう声をかけねばならないのだが、女の髪の中から、尖った角《つの》の如きものが二本生えているのが見えて、肝を冷やした。

これは、人ではない。

鬼だ。

そう思ったら、身体が動かなくなった。

身体が震えて、それをこらえようと几帳に手を掛けたら、今度は几帳まで震えて音をたてた。

これには、女も気づき、

「たれじゃ、そこにおるのは——」

声をかけてきたものだから、怖さのあまり、清重は立ちあがって逃げようとした。

その時、几帳を押し倒し、清重はそのまま几帳の陰からまろび出てしまったのである。

「おう、おのれは、在原清重！」

角を生やした女が、もの凄まじい声で言えば、

「ぬ、ぬしゃ、我が名を知りたるか」

尻を突いたまま、清重も声をあげる。

すでに、明子も眼覚めていて、さっきから高い悲鳴をあげ続けている。

家の者たちも、さすがにこの騒ぎに気づいて、ばたばたと、こちらに向かって足音が近づいてくる。

「おきゃあっ！」

と、女の鬼はひと声叫んで、寝所から外へ飛び出した。

家の者たちがやってきた時には、すでに女の鬼の姿はどこにもない。

かわりに、庭に、筆が一本落ちていた。

五

「まあ、そのようなことが、実は昨夜あったのでござります」

額の汗を拭《ふ》きながら、清重は言った。

場所は、土御門大路《つちみかどおおじ》にある安倍晴明《あべのせいめい》の屋敷である。

庭を前にした簀子《すのこ》の上だ。

そこに、晴明と博雅《ひろまさ》が座して、ふたりの前に座した清重が、昨夜おこったことをひと通り話し終えて、今、額の汗を袖でぬぐっているのである。

晴明と博雅は、庭の楓の葉が、紅く色づいたのを眺めながら、酒を飲んでいたところであった。

そこへ、蜜虫《みつむし》がやってきて、

「在原清重とおっしゃるお方がやってきて、急ぎ会いたしと申されておりますが……」

そのように告げた。

在原清重と言えば、文章博士《もんじょうはかせ》であり、当代きっての歌詠《うたよ》みとして知られている。

その本人がじきじきに訪ねてきたとあっては、会わぬわけにはいかない。

会うことにした。

それで今、話を終えた清重が、恐縮しきった表情で、晴明の言うことを待っているところなのであった。

「その、落ちていた筆というのは？」

晴明が問えば、

「これでございます」

清重が、懐からその筆を取り出した。

柄の太さが小指ほどの筆だ。

何の毛であるのか、筆の色が白い。

晴明は、筆先に指で触れ、匂いを嗅ぎ、

「白狐《しろぎつね》の毛ですね……」

そうつぶやいた。

「と言いますと？」

「この筆でかけば、それが文字であれ、絵であれ、かかれたものに不思議の力が宿ると言われておりますが、いずれにしても、それは、筆を持つ方の器量次第ということですね」

晴明は、なおも、筆に眼をやって、

「ここに、何やら書かれておりますね」

軸の中ほどに眼を近づけた。

長きにわたって使われたものらしく、そのあたりには手あぶらがつき、色が変っているが、その表面に微かに何か書かれた文字の跡のようなものがある。

今にも消えかかっているが、なんとか読めなくはない。

「川成――とありますね……」

「かわなり?」

「川成ですよ。白狐の筆に、川成とあれば、それはもう百済川成さまをおいて、他にはございませぬ」

「そ、その百済川成殿とは……」

「百年も前に亡くなられましたが、たいそうな絵の上手《じょうず》です……」

そう言った晴明に、

「それは、いったい、どういうことなのだ、晴明よ」

博雅が問う。

晴明は、それには答えず、首を傾けて何か考える風であったが、ふいに立ちあがり、

「博雅さま、出かけまするぞ」

そう言った。

「ど、どこへ出かけるというのだ、晴明よ」

「長楽寺さ」

「長楽寺?」

「そこに、巨勢広高《こせのひろたか》殿がおられるはずだ――」

「こ、巨勢広高殿と言えば、当代きっての絵の上手ではないか。たしか、昨年の今頃、出家して叡山《えいざん》に入られたのではなかったか――」

「その通りだ」

「しかし、広高殿、それならば叡山におられるのではないか――」

「それが、先ごろ還俗《げんぞく》するとかで、今、長楽寺にいるはずなのだ」

還俗――いったん入道して僧となった者が、再び俗人となることをいう言葉である。

「清重さまも、御一緒にいかがです?」

「わ、わたくしも?」

「ゆきませぬか?」

「う、うむ」

清重がうなずく。

「お、おれもゆこう」

博雅があわてて立ちあがった。

「ゆきまするか、博雅さま」

「うむ、ゆく」

「まいりましょう」

「おう、ゆこう……」

そういうことになったのである。

六

巨勢広高——

絵の上手で、曾祖父がまた巨勢金岡という絵の達人であった。

金岡は、すでにこの世にないが、広高、金岡にも勝る絵の上手であると言われている。

仏の道にかねてより関心を抱いていたのだが、二年前、大病を患った。

その病、ようやく癒《い》えて、なんとか人並みに動けるようになったのだが、病の間に、つくづくとこの世の無常なるを知って、ついに昨年、出家して叡山に入ってしまったのである。

これをおしんだのが、帝《みかど》であった。

「法師にても絵描かん事《こと》は憚《はばか》りあるまじけれども、内裏の絵所《えどころ》に召して仕《つか》われんに便無《びんな》かるべければ、速《すみやか》に還俗すべし——」

——法師になったからと言って、絵を描くことにさわりはなかろうが、宮廷絵師として仕えるには何かと不便であるので、俗人にもどりなさい。

このように帝は言って、広高を還俗させ、絵師にもどしてしまったのである。

長楽寺で、三人を出むかえて、

「ようこそおいでくださりました」

書院で向きあうと、広高はまず頭を下げた。

「御用件は？」

と、言う広高に、晴明は、懐から件の筆を出し、それを見せた。

「これを——」

広高、それを手に取って、

「確かに、これはわたしの筆でござりまするが、どうして、晴明さまが……」

いぶかしげな眼で、晴明を見た。

広高、還俗したという話であったが、まだ剃髪したままで、その姿、なやましいほどに美しい。

「確か、この白狐《びゃっこ》の筆、百済川成さまのものであったとか？」

晴明が言う。

「そうです。よく御存知ですね」

「このような、験力《げんりき》あるものの噂は、よくわたしの耳には入ってまいりますので……」

「わたしの曾祖父、巨勢金岡、百済川成さまとは仲がよかったことから、よく一緒に仕事をいたしました。ふたりとも、庭のことが好きであったので、大覚寺の庭石なども、ふたりで置いたりしたそうです。そのような御縁がございましたので、川成さま、亡くなられるおり、この筆をわたしの曾祖父金岡に与えたものであるとの伝《でん》にございます……」

「で、その筆、盗まれるか、どなたかに譲《ゆず》られたりいたしましたか？」

「はい。昨年の今頃、出家するかどうか迷うていたおり、鴨の河原で会うた女にくれてやりました。もう、絵筆を握ることもあるまいと思いましたので……」

「そのおりのことを、もう少し詳《くわ》しくお聞かせいただけますか……」

「はい――」

うなずいて、広高はその晩の話をしはじめた。

七

ほんとうに、いつ死んでもおかしくない、大病にございました。

おかげさまでなんとか生命はながらえることはできましたが、身にしみましたのは、この世の無常でございます。どのように華やかな生き方をしていようと、ある日、ふいに死はやってくるものと思い知らされました。

出家しようと思うてはみたものの、ひとつだけ、わたしにはまだこの俗世に未練がございました。それが、絵のことであったのでござります。

絵のことを思えば、なかなか出家に踏みきれません。

仏師となって、絵を描く道もござりましょうが、しかし、とてもそのような気持ちでは、出家の道などおぼつかないでしょう。

どうしようかと迷いながら、夜の大路、小路をさまようているうちに、いつのまにか、鴨の河原を歩いておりました。

こんなに迷うているのは、この筆があるからだ。

曾祖父から預かったこの筆が、自分の決心を鈍《にぶ》らせているのだ。なら、いっそ、この筆を鴨川に捨ててしまおうか——そんなことも考えておりました。

その時、わたしは、女の泣き声を耳にしたのでござります。

そして、その晩、河原で出会うたその女に、この筆をくれてやってしまったのです。

わたしが、出家したのは、その翌日でござりました。

八

「そ、その女、もしや、香夜《かぐや》とかいう名前ではござりませんでしたか——」

それまで、黙って広高の話を聞いていた清重が言った。

「いや、名はあえて訊ねませんでした。どこのたれとも知らぬ者に与えてしまえば、あとで欲しゅうなっても、どうにもできませせぬゆえ……」

広高が答える。

「清重殿、今、女の名を香夜と言われましたか?」

博雅が問う。

「え、ええ――」

「どうして、その名を? 何か心あたりがあってのことですか?」

「いや、それが……」

「心あたりがあるのですね」

「はい……」

「何故、黙っていたのですか?」

「あ、いや、わざと黙っていたわけではありません。今、広高殿の話をうかがって、昨年の今頃ということであれば、心に思いあたる女のことを思い出したものですから――」

「それが、香夜……」

「はい――」

うなずいた清重に、

「これは、ぜひ、お話をうかがわねばなりませんね……」

晴明が言った。

九

清重が、その女に会ったのは、一年前の秋のことであった。

内裏での用事を済ませ、車で朱雀大路《すざくおおじ》を南へ下っていた時のことであった。

大路の左側に、一台の車が停まっていた。

車を引いていた牛が、どういう機嫌の具合なのか、足を止めてしまって動かないらしい。というのも、牛飼童《うしかいわらわ》が、懸命に牛を引こうとしているのだが、いっこうに牛が動こうとしないように見えたからだ。

「これ、ゆけ、どうした」

牛飼童が大きな声をあげるのが、清重にも聞こえてくる。

と――

いきなり、その車の御簾《みす》が、はらりとはずれて、中に乗っていた女の姿が見えたのだ。

美しい女だった。

二十歳《はたち》ばかりで、眼が大きく、

「あっ」

と、口を小さく開いた時に、唇の向こうに見えた白い歯も、可愛いかった。

その後、袖で慌てて顔を隠したその仕種もまた、清重の好みであった。

好もしい。

さっそく、清重、

「あの車の後をつけよ——」

車の中から供の者に命じた。

それで、女の住んでいるところがわかった。

六条大路の東にある古い小さな家に、しばらく前、どこからか越してきた女であるという。

それまで、どこに住んでいたのかはわからない。

下女と見える女がひとり、小者と見える男と牛飼童がひとり、いるだけであるという。

想像すれば、つい最近まで、内裏にあがることくらいはできた父親が、急に儚《はかな》くなって、家屋敷をたれかに売って、そのまま六条大路に越してきた——そんな風に思えた。

さっそく、歌を送った。

女から歌がもどってきた。

何度かやりとりをしているうちに、なるようになって、情を通じあうようになった。

香夜という名も、それでわかった。

清重は、それまで、明子という女のところへ通っていたのだが、香夜のもとへゆくようになって、明子からはすっかり足が遠のいてしまった。

香夜をすっかり気に入ってしまったのである。

「他の女のところへ通ってはなりませんよ——」

と、しがみついてくる香夜の、そのしがみつき方もまた好ましかった。

会うたびに、香夜はどんどん、自分好みの女になってゆくようであった。

そのうちに、妙なことに気がついた。

「わたしは、そのおまえの唇が好きなのだよ。これで、あと少し、下の唇がふっくらしていれば、言うことはないのだがねえ——」

そう言って、次に会った時には、香夜のその下の唇が少しふっくらとしているのである。

「その眼もとだが、もう少し、こう上にあがっていれば……」

そう言うと、次に会う時には、その眼もとが少し上にあがっている。

「この柔らかなお乳だが、もう少し大きいと、顔をうずめられるのだがねえ」

すると、次に会う時には、乳が大きくなっているのである。

始めは、気がつかなかったのだが、だんだんとそのことに気づいていった。

気がついてみれば、もとの顔とは、いつの間にか人相が違ってしまったようでもある。

別人のようにも思えた。

はて、もとの顔はどのようなものであったか。

それも思い出せない。

こんな顔だちであったか。

眼と口は、最初に会った時はもっと違っていたのではないか。

それを口にするたびに、香夜の貌だちが変化して、しまいには、どう見ても怖いとしか思えぬ顔になった。

顔の造作《ぞうさく》ひとつずつは美しいのに、その美しさが、どこかまがまがしい。

いつの間にか、香夜のところへは通わぬようになり、もとの女である明子のもとに、知らぬうちに、清重は通うようになってしまったのである。


清重がしたのは、そういう話であった。

十

「そういうことでござりましたか――」

清重の話を聞いて、つぶやいたのは広高であった。

「覚えがあります」

広高は、何か思い出したように言った。

「何のことでしょう」

晴明が問う。

「この白狐の筆ですが、不思議なる力がござります——」

「どのような？」

「水に、描くことができるのです。たとえば、たれかの顔を水に映し、その水に映った顔を、この筆で好きなように描きかえることができるのです。水に映じた顔を描きかえると、映った本人の顔も、そのように変化いたします。わたしは、それを……」

「出会うた晩に、香夜殿にしてさしあげたのですね」

「ええ」

広高はうなずいた。

「何か、よほど哀しいことがあったのか、別人になりたいというので、河原の水に香夜殿の顔を映して、それを描きかえてさしあげたのです。そして、筆も、そのまま香夜殿にさしあげてしまったのです——」

「なるほど、そういうことでしたか。なれば、あと、できることは、そう多くはありませんね——」

晴明は言った。

「何が多くないのだ」

わけがわからぬといった様子で、博雅が晴明に問う。

「だから、できることがでござりまする」

「なに!?」

「これから、出かけましょう」

「どこへ?」

「六条大路にあるという、香夜殿のおすまいに——」

晴明は言った。

十一

四人で、出かけた。

六条大路にあるその屋敷に着いた時には、もう、夕刻になっていた。

小さな屋敷だった。

塀も高くなく、門も大きくない。

門が開いていたので、そのままくぐった。

東の山の端に満月が出ていた。

人の気配がない。

多少は、人がいるはずなのだが、家の中からは、どういう物音も聞こえてこない。

最初に、それに気づいたのは、博雅だった。

「誰か、哭《な》いている……」

声をひそめて言った。

足を止め、耳を澄ませてみれば、博雅の言う通り、たれかの哭く声がする。

低い、女の啜《すす》り泣く声だ。

「おう……」

「おう……」

女が、家の中で泣いているらしい。

四人で、家の中に入ってゆく。

簀子の上にあがり、そこから、屋根の下へ――

「ああ、くやしや、あさましや……」

泣く声が大きくなってくる。

夕方の光も、月の光も、屋根の下までは届いてこない。

闇の中に、

「ああ、おろかしやなあ……」

女の泣く声ばかりが、聴こえている。

先に立って、足を進めていた晴明が足を止めた。

家の奥——

暗がりの中に、影が見える。

重ね着するはずの唐衣《からころも》の上着が、何枚か、床に広がっている。

その上に、伏して、女が泣いているのである。

「香夜さまですね」

晴明が、声をかける。

しかし、女は、泣くばかりで答えない。

「何を泣いておられるのです……」

もう一度、晴明が、声をかけ、足を一歩進めると、

「来るな」

ふいに、女の声が、男のように変化した。

「来るでない。我が顔を見るでない……」

伏したまま、女は自分の両手の中に潜り込もうとするかのように、身をよじった。

「香夜かい、おまえ……」

おそるおそる、清重が声をかけると、

「その声は、清重か!?」

女が、泣きやんで、顔をあげた。

しかし、顔はまだ向こうへ向いている。

こちらを向いていても、この暗がりでは見えたかどうか。

「よくも来たな……」

女が、顔をこちらへ向けた。

その顔が見えたのは、顔全体が、青白く、ぼうっと光っていたからである。

「ひっ」

と、清重が、声を喉にひっかけた。

こちらを向いた女の顔——その頭に、角が生えているのが、はっきり見えていたからである。

両の眸《め》に、鬼火《おにび》が青くめろめろと燃えていた。

昨夜見た時よりも、角が長くなっている。

その眼の端は、こめかみに向かって吊りあがり、口はぱっくりと大きく割れて、唇を突き破って、牙が生えていた。

「な、な、なんと……」

清重は、声をあげた。

すでに、川成の筆は、女の手もとにはない。

今は、筆は広高の懐に入っている。

なのに、どうして、女の顔が、このように変貌しているのか。

「よう来た、よう来た、清重どの……」

女が、立ちあがった。

にいっ、と唇が吊りあがる。

笑ったようであった。

「やっと来てくだされたか、清重どの——」

男のようであった女の声が、また、女のものにもどっている。

「この、葛女《くずめ》のところに……」

女の言葉に、
清重は言った。

「く、葛女だと?」

声が大きくなっている。

「お忘れか。昔、あなたさまが通ってくだされた日々のことを……」

女の眼から、涙がはらはらとこぼれた。

「楽しゅうございましたよ、あの頃は……。しかし、歳月がこの身体に降り積もり、顔には皺が刻まれ……」

「く、葛女……」

「この皺がなければなあ、腰の肉《しし》が厚《あつ》うなってきたなあ、頬の肉が弛《ゆる》んできたではないか、肌も昔はあれほどなめらかであったに……」

どうやら、女は、かつて清重に言われた言葉を、口真似で言っているらしい。

「ついに、あなたさまは、わたくしのもとには通われなくなり、あの女、明子殿のところへ通われるようになった……」

言っている葛女の犬歯が、牙となってさらにぬうっと伸びる。

「哀しゅうござりましたなあ。苦しゅうござりましたなあ。くやしゅうて、くやしゅうて、いっそ死のうかと、鴨の河原で泣いておりましたところ、そこの、広高さまに出会うたのでござります――」

何故泣くのだねと問われ、男が通わなくなったのだと、葛女は言った。

「もっと若くなりたいのです。もっと美しゅうなりたいのです。あの方がもどってくるように――」

そう言って泣く女に、広高が施《ほどこ》したのが、水化粧《みずけわい》の法であった。

水に顔を映し、川成の筆で、映った顔をなぞる……

皺を消し、頬のたるみをとり、若く、美しく――

「水に映った我が姿を見ても、信じられないことでございました。わたしは、若くなっただけでなく、前よりも美しゅうなっていたのです。しかも、広高さまは、自分にはもう用のないものであるからと、その筆をわたくしに下さったのです――」

それで、女――葛女はあることを思いついたのだという。

清重の女の好みはわかっていたから、自ら桶《おけ》の水に顔を映し、川成の筆で、顔を清重の好みに描きかえた。

住む場所を移し、名を香夜とかえ、別人となって、もう一度清重と知り合おうと考えたのである。

清重が、いつ内裏へ入り、いつ出てくるのか、だいたいのことはわかっていたので、わざと車を停めて、牛が動かなくなった体《てい》を装《よそお》って、清重を待ち伏せたのである。

これは、うまくいった。

それで、再び清重は、葛女のもとに通うようになったのだが、もちろん、清重は、香夜が葛女であるとはわかっていない。

しかし、いつまた清重が別の女のもとへ行ってしまうのかと考えると不安でたまらない。

それで、清重が何げなく口にしたように、その都度《つど》、自分で自分の顔だちを変え、それがかえって清重に気味悪がられることとなって、清重は、もとの明子のところへ通うようになってしまったのである。
それを知って、葛女は、自らの顔を鬼のように変えて、明子の前に出没するようにな
ったのである。
明子に、恨みをはらそうとしたのだ。
しかし――
それを、清重に見られてしまった。
たとえ、鬼の姿をしていようと、清重にはその鬼がたれであるかわかってしまったに
違いない。
これはもう、二度と自分のところへ清重が通うということはなかろうと、家に帰って
泣きあかしていたのだという。
しかし――
「その顔は、どうしたのだね。筆は、すでに広高殿の手にもどったというのに――」
清重が問えば、
「ああっ」
葛女が声をあげる。
「もう、わたくしは、筆がなくとも、鬼になることができるのです。筆の力なぞかりず
に。わたくしは、勝手に鬼となってゆくのです。家の者はそれで逃げ出してしまいまし

た」

葛女は、いやいやをするように、首を左右に振った。

「この顔も、身体も、勝手に……」

葛女が泣き崩れた。

その顔は、言葉を発しているうちにも、崩れ、眼や、鼻や、口のかたちが変化して、もはや、鬼の顔ですらない。頬や顎からも、角が突き出てくる。

その姿を哀しげな眼で見つめていた広高が、

「桶に水を――」

と、言った。

「わ、わたしが――」

清重が、言った。

あたふたと清重が姿を消してゆくあいだに、広高は、燈台に灯りを点した。

水の張られた桶が運ばれてきた。

広高が、葛女の肩へ手をあてて、

「さあ、こちらへ――」

葛女を引き寄せて、その顔を桶の水の面《おもて》に映した。

広高は、懐から川成の筆を取り出し、

「動かぬように……」

葛女に言った。

桶の水の面に、葛女の貌が映っている。

その顔を、広高が手にした筆がなぞってゆく。

眼、鼻、口、頬、髪……

その作業が済んだ。

「いかがです──」

広高が言った。

「おう」

と、最初に声をあげたのは、清重であった。

「顔が、もとにもどっている。葛女の顔に……」

清重の言う通りであった。

桶の水に、晴明も、博雅も、初めて見る女の顔が映っていた。

「一年前の晩、月明りで見させていただいたお顔を覚えております。そのお顔にもどさせていただきました……」

広高が言った。

「ああ……」

葛女が、声をあげた。

葛女が、声をあげて激しく泣き出した。

十二

その後、清重と葛女がどうなったかを、晴明も博雅も知らない。

「どうなったのであろうかなあ、あのおふたりは……」

ある時、晴明の屋敷の簀子の上で、酒の入った杯を手にして、博雅がぽつりとそう言ったことがある。

「さあ、どうなったのであろうかな……」

晴明も、博雅と同じ言葉を口にした。

「人のことであるからなあ……」

晴明は、自分が手にした杯の酒を乾して、ぼそりとそう言っただけであった。

巨勢広高のことは、わかっている。

件のできごとの後、広高は長楽寺の堂に半年こもって、その壁に絵を描いた。

六道輪廻《りんね》図。

衆生が、生きている間に重ねた、善、悪の業によっておもむく六つの迷界の絵だ。

地獄、

餓鬼、
畜生、
修羅、
人間、
天、
この六つの迷界を彷徨《さまよ》う女の図であった。
描きあげた時、広高の髪はすっかり伸びており、そうして、広高は還俗することができたのである。
広高の描いたこの絵は、長楽寺の寺宝となり、後世にまで残ったという。

鬼瓢簞《おにひょうたん》

一

梅が、満開である。

満開の、梅なのである。

その花の香《か》を嗅ぎながら、安倍晴明《あべのせいめい》と源 博雅《みなもとのひろまさ》は、酒を飲んでいるのである。

晴明の屋敷の簀子《すのこ》の上だ。

白梅のような白い狩衣《かりぎぬ》を着た晴明は、柱の一本に背をあずけ、片膝を立てて、円座《わらざ》の上に座している。

博雅も円座に座して、酒の入った杯を片手に持ち、さっきから梅を眺めては、うっとりと溜め息をついているのである。

火桶《ひおけ》がひとつ。

ふたりの傍に座して、いずれかの杯が空になると、それへ酒を注いでいるのは十二単衣《ひとえ》の蜜虫《みつむし》であった。

酒の香《か》に梅の香が混ざると、その香は天上の美酒もまたかくやと思われるほどの香《かお》りとなる。

梅の香に酒の香が混ざると、梅の香りの中に、わずかに赤みがさしたかと思えるほどであった。

「なんとよい薫《かお》りであることか――」

博雅は酔ったように眼を閉じて、

「まさに、これが呪《しゅ》ということなのであろうかなあ――」

言い終えて眼を開いた。

「おい、博雅よ。おまえ、今、呪と言うたかよ」

思いがけぬことを耳にしたといった体《てい》で、晴明が言った。

博雅の口から呪の話が出るというのは、極めて珍らしい。

言われた博雅、
しまった――

そう言うような眼で、晴明を見、

「よいではないか、おれが呪の話をしたって――」

そう言った。

「むろんさ。しかし、博雅よ、おまえが今、呪と口にしたのは、いったいどういう意味なのだ？」

「いやいや、それがだな……」

博雅は、杯の酒を乾して、

「いや、この梅の香だがな、もしもこれが薫《かおり》と名づけられていなかったらどうなのかと、ふと思うたのさ」

晴明を見た。

「ほう……」

と、晴明は、表情で、その先を博雅にうながした。

「薫という言葉や、香という言葉がなかったら、人は、ただ春先になると梅から漂ってくるこのよい匂いのするものを、いったい心でどう受け取めてよいかわからなかったに違いない」

「うむ」

「この匂いに、薫とか、香とか名づけることによって、人は、鼻がそれを嗅ぐことによって心の中に生じた様々な思いや、感情を、その言葉に盛《も》ることができるようになったのではないかとおれは思うたのだよ――」

「うむ――」

「いつぞや、おまえが言うていたことだが、晴明よ、おまえ、このおれに、名というのは一番短い呪であると言っていたことがあったのではないか――」

「あったな」

「そこさ、晴明よ」

「どこなのだ」

「名や、様々な言葉という呪があってはじめて、人の心や想いは深くなるということさ。そうではないのか――」

「その通りだ。凄いぞ、博雅」

「何が凄いのだ」

「いや、それを煎《せん》じつめてゆくと、言葉、つまり呪というものがなければ、人はものを想うということさえできないのではないかと、この頃おれは考えているのだが、博雅よ、おまえは自然《じねん》のうちに、そういうところにまで、至ってしまったということだな。そこが凄いと言っているのさ――」

「よくわからぬが、おまえが褒《ほ》めているのだということはわかる。しかし――」

「しかし、何なのだ」

「何を褒められているかわからぬというのもなあ――」

「そこが、おまえのよいところなのだ、博雅よ」

晴明は、置いてあった杯を手にとり、それを持ちあげ、

「ところで博雅よ」

そういって、杯の酒を赤い唇に含んだ。

「なんだ」

「このところ、都を騒がせている、妙な噂は耳にしているか?」

晴明は、杯を置きながら言った。

「それが、あの髪が白くなったり、足が硬くなったりする病のことならば、聞いているが——」

それがどうしたのだ、という眼で、博雅は晴明を見たのであった。

二

最初に、そのことがおこったのは、藤原烏麻呂《ふじわらのからすまろ》という人物であった。

三月《みつき》ほど前のことだ。

その朝、起きてみたら、髪の毛が全て真っ白になっていたというのである。

歳は四十。

髪が白くなるような歳ではない。若くして髪が白くなる者もいないわけではないが、烏麻呂、その名の如くに髪は黒々と烏帽子《えぼし》からあふれるほどに生えていた。白髪など一

本もなかったと言っていい。それが、ひと晩で全て白くなってしまったのである。

髪だけではない。

髭《ひげ》も、そして、やんごとない両脚の付け根の体毛までもが老人の如くに白くなってしまったのだ。

かといって、顔の作りはもとのままだ。老いたのとは違う。髪のことさえ別にすれば、皺が増えたわけでもなく、皮膚がたるんだわけでもなく、耳が遠くなったり、眼が霞《かす》むようになったわけでもない。

そういうことも、どうかするとあるのかと思っていたら、その翌日の朝、眼が痛くて眼が覚めた。

目蓋《まぶた》をこすったら、さらに激しい痛みがあって、眼からぼろぼろと土がこぼれ出てきた。目蓋の裏に、ぎっしりと泥が詰まっていたのである。

さらにその翌日、下腹がぶっくりと膨《ふく》らんで、痛くなった。ごろりごろりと腹が鳴る。急な便意があって、厠《かわや》へ行ったら、火桶一杯ほどの蛔蟲《むし》をひり出した。

足の裏が、岩のように硬くなり、素足で歩けば、簀子の表面に傷がつくほどである。

米で作ったものが食えなくなった。

魚や菜は食えるのに、米を食べると、喉を通らず、吐いてしまう。米から作った酒も同じだ。水は飲めるのに、酒は飲めずに吐いてしまう。

　さすがにこれはおかしいと、坊主に祈禱《きとう》させたり、弓の弦《つる》をはじいたり、芥子の実を燻《いぶ》したりしたのだが、いっこうにおさまるという気配がない。

　十日も過ぎた頃、家の者が、奇妙な僧形の老人を連れてきて、

「こちらのお方が、噂を耳にして、なんとかしてやろうと言うてたずねてまいりましたが——」

　と言う。

　見れば、耳の両側に、もしゃもしゃと白い髪が生え、頭のてっぺんがつるりと禿《は》げた老人であった。

　顎から長く伸びた鬚《ひげ》も白い。

　眼が糸のように細く、そこに愛敬があり、柔和な好々爺といった貌《かお》をしている。

　自分は墩炳《とんぺい》という者である——

　と、老人は、異国訛《なま》りのある言葉で言った。

「烏麻呂殿のこと、風の噂に聞きおよびましたが、何やら怪しきものに憑かれているとのこと。その御様子を聞きおよびまするに、これは、自分でなければ、落とすことができませぬ。それ故、本日こちらまで参上いたしました。よろしければ、お手間はとらせませぬ故、ひとつ試させてはいただけませぬか——」

　老人——墩炳は、以上のような口上の如きものをのべた。

烏麻呂としては、十日も同じような状態が続いて、どうしたらよいのか困り果てていたところであった。

「なんでもよいから、なんとかしてくれ」

と、墩炳老人にすがったのである。

「では」

と、墩炳老人は屋敷にあがり込んで、烏麻呂を座らせ、懐から木の盤を取り出して、それを、烏麻呂の前の床の上に置いた。

次に懐から取り出したのは、不思議な姿をした人形《ひとがた》であった。

丸い胴から、細い手足が伸びている。その胴は、袋状にした布の中に何やら詰めものをしてあるらしい。そこから、四本、草の茎らしきものが伸びていて、これが手足ということらしい。

頸《くび》は糸で、それが、木で作られた茄子《なす》だか瓢箪《ひょうたん》だかわからぬような形状の仮面につながっている。

仮面には、ぎょろりとした丸い眼と、口が描かれていた。その口の中に、何本もの歯がある。

その人形を、墩炳老人は、木の盤の上に置いた。

その後、家の者に言いつけて、香炉を持ってこさせ、何やらわからぬ粉のようなものをそこで焚いた。

そこからあがる煙は、腐りかけた魚を焼くような匂いがした。

墩炳は、人形を挟《はさ》んで、烏麻呂と向きあって床に座し、

「では、鬼祓いを始めまするぞ」

手と指で、印契《いんげい》の如きものを結んで、何やらの呪を唱えはじめた。

これはぬしのあるところにあらず
ぬしは自身のあるべき所を探すべし
これはぬしの暮らすところにあらず
ぬしは自身の暗き棲家《すみか》にもどるべし
ぬしはやさしき心のなきもの
ぬしは黒き心の邪鬼なり
ぬしを永遠《とわ》によみがえらせぬぞよ
ぬしに永遠に悪しきことをさせぬぞよ

その句を三度唱えた。

一度唱え終えるたびに、墩炳は、

べっ、

と烏麻呂の顔に唾を吐きかけた。

全部で三度、烏麻呂は、墩炳に唾を吐きかけられたことになる。

そして、それから三度、同じ句を墩炳はまた唱え、またその度に、墩炳は、今度は人形へ唾を吐きかけた。

「これでようございましょう」

墩炳は、人形と盤を懐に入れて、

「では――」

と、あっさりその場を辞してしまった。

「いかがかな」

と、墩炳が顔を出したのは、それから三日後のことであった。

烏麻呂を襲っていたあの痛みは全て消え、髪の色はもとにもどり、蛔蟲も出なくなり、眼に泥が入っていることもなくなっていた。

米も喰えるようになり、酒も飲めるようになった。

病ならばすっかり癒《い》え、憑きものならば全部落ちてしまったようである。

「いやいや、ありがたきことにございます」

烏麻呂は、酒で墩炳をもてなし、食事を与え、土産品まで持たせて帰したのである。

以来、似たようなことが、都に起こるようになった。

次に、烏麻呂と同様のことがその身に起こったのは、橘川成《たちばなのかわなり》という男であった。

次に同様のことがその身に起こったのは、平清重《たいらのきよしげ》という男であった。

いずれの時も、それが起こって十日目あたりに、墩炳が屋敷を訪ねてきて、その奇妙なできごとを収めてゆくのである。

何にしても、不思議なことと言う他はない。

三

「しかし、まことに奇妙なことではあるな――」

そう言ったのは、博雅である。

「このわずかの間に、烏麻呂殿、川成殿、清重殿が、似たような不思議なことに出合うとはなあ――」

「違うぞ、博雅。四度だ――」

「四度!?」

「実は、四日前、藤原兼家《かねいえ》殿に、それが起こったので、四度、四人目ということになる――」

「なんだって!?」

「それで、兼家殿、おおいに困っておられるというわけだ。これまで通りなら、十日目あたりに、墩炳殿がやってこられて治してくれるところなのだが、十日も待てぬと言われてな。かといって、呼びにゆくにも、墩炳殿、どこにお住みになられているのか、皆《かい》目《もく》見当がつかない。それに、これまでの三度はやってきたが、自分の場合、果たして十日後に墩炳殿がやってくるかどうかわからない」

「うむ」

「それで、何とかせよ晴明と、今朝がた、兼家殿のところから、おれのところまで使いが来たというわけなのだ」

「そういうことか——」

「ああ。それで、もう少ししたら出かけねばならぬのさ」

「どこへだ」

「もちろん、兼家殿のお屋敷までさ」

「なるほど」

「どうじゃ、ゆくか、博雅」

「ゆ、ゆく？」

「兼家殿のところへさ」

「おう」

「では、ゆこうか——」

「ゆこう」

「ゆこう」

そういうことになったのであった。

四

ゆけば、兼家、床に伏せっている。

見れば、髪は真っ白であった。

もともと、髪に白いものは混ざっていたが、ここまでのものではない。

「見ての通りじゃ、晴明よ」

兼家の声は、弱々しい。

「米《よね》も食えぬ。酒も飲めぬ。足の裏は石のように硬く、毎日、火桶一杯の蛔蟲をひり出すのじゃ。眼には泥が……」

そういう兼家の両眼はまっかで、眼頭と眼尻からは血が流れ出している。

「助けてくれ、晴明……」

「まずは、見させていただきましょう」

晴明は、そう言って、左右の手を握り、そこから人差し指と中指、それぞれ二本の指をそろえて立てた。

眼を閉じ、右の人差し指と中指をみずからの左の目蓋の上へ、左の人差し指と中指を右の目蓋の上へあてて小さく呪を唱え、そして、眼を開いた。

「ど、どうじゃ、晴明。何か見ゆるか――」

「お静かに……」

晴明は、床の中から上体を起こしてこちらを見ている兼家を見やり、

「なんと、奇怪な……」

ぼそりとつぶやいた。

「せ、晴明――」

兼家は、怯えきった眼で晴明を見る。

「しっ」

晴明は、しばらく兼家を見やり、次に兼家の足もとへ眼をやり、次には庭の方へ眼をやった。

「憑きものでございますね」

晴明は言った。

「つ、憑きものじゃと!?」

「鬼にございます」

「お、鬼!?」

「まだ、見たことのなきもの。初めて見る鬼にござります」

「な……」

「その鬼が、赤き舌にて、今、兼家さまのお髪《ぐし》をべろりべろりと舐《な》めてござります。お髪が白くなる理由はこれかと……」

「なんと……」

「次に、この鬼は、その口にて兼家さまのお口を塞《ふさ》ぎ、その体内に息を吹き込んでおります。そのたびに、兼家さまの腹の中に蛔蟲が生じてゆきます。蛔蟲をひり出すのと、米が食えず、酒も飲めぬというのは、これが原因かと……」

「……」

兼家は、もう、言葉を失っている。

「この鬼、時おり、兼家さまのお足もとに潜り込んでは、その足を齧《かじ》っております。足が硬くなるは、これが理由によるもの……」

「今しがた、庭へ眼をやったのは?」

「この鬼が、庭へ出てゆきましたので、それを見ていたのです」

「何のために、庭へ?」

「庭の土を拾っておりました。そしてもう、もどってまいりまして、今——」

そこまで晴明が言った時、

「わっ」

と、兼家は叫んだ。

「何ものかが、我が眼に土を――」

兼家が、眼をこする。

「桶に水を――」

晴明が言う。

運ばれてきた桶の水で、眼を洗い、ようやく兼家の眼から、泥はとれたようであった。

兼家は、疲れきった表情で、

「どうにかならぬか、晴明？」

「どうにかはなりましょうが、多少、時間がかかるやもしれませぬ」

「すぐにというわけにはゆかぬのか」

「初めて見る鬼、しかも異国《とつくに》の鬼のようでござりますれば、二日か、三日か……」

「どのような鬼なのじゃ」

「とても、口では説明申しあげられませぬ」

「わしにも見えるか？」

「お望みとあれば」

「見たい」

「しかし、見て、あまり気分のよいものではございませぬぞ――」

「それでも見たい」

兼家が言うと、

「晴明よ、おれも見たい」

博雅が言った。

「しかたありませんね」

晴明は、膝で兼家ににじり寄り、

「博雅さまもこちらへ」

博雅が寄ってきた。

「ご両名とも眼をお閉じくだされますか――」

晴明は、そう言って、博雅の右眼の上に、左手の人差し指と中指をあて、兼家の左眼の上に、右手の人差し指と中指をあてた。

小さく呪を唱え、指を離した。

「どうぞ、眼をお開き下さい」

ふたりは、同時に眼を開き、そして、同時に、

「わっ」

と、声をあげた。
兼家の枕元、そこに奇怪なものを見たからである。
身の丈ならば、七尺余り。
顔は歪《いび》つな瓢簞のようであり、頭のてっぺんから、屑糸《くずいと》のような髪が額までたれてい
る。眼は穴のようで、その奥で、ぎろん、ぎろんと眼球が動いて一同を眺めているよう
であった。
鼻はない。
口は、ぱかりと割れて、大きな歯が、三本、四本、それぞれあらぬ方へ伸びている。
その口の中で、赤い、長い舌がへろへろと動き、でろりと外へ垂れ下がる。
頸《くび》は紐《ひも》のようで、その頭を支えているのが不思議なほどに、細い。
腹は丸く膨らんで、樽のようである。
手足は、草の茎か、小枝のよう。
これが、ゆらり、ゆらりと風に揺れる瓢簞のように、上体をたよりなげにゆすってい
るのである。
「あわわ」
と、兼家は、両手を身体の後ろへついて、腰で退がった。
博雅は、声こそあげなかったものの、上体を後ろへそらせ、

「せ、晴明、おまえ、このようなものを見ていたのか⁉」

呻くように言った。

「な、なんとかしてくれ、晴明――」

兼家は顔を青くして、唇を震わせている。

「さきほども申しあげましたが、これは異国の鬼。たちどころにというわけにはまいりませぬが、まあ、やってみましょう」

「た、たのむ」

「では、皆さま、そこの鬼に唾をお吐きかけくだされ」

「つ、唾をか」

「はい」

晴明がうなずく。

「将門《まさかど》の乱のおり、俵藤太《たわらのとうた》さまが、三上山《みかみやま》の大百足《むかで》を退治する際、矢尻に御自身の唾をつけてこれを射ました。人の唾は古来、東西を問わず魔性のもののいやがるもの――」

その言葉に、兼家と博雅が、その鬼へ唾を吐きかける。

「さ、皆さまも」

晴明にうながされ、そこにいる家の者たちも、何が何やらわからないながら、兼家と博雅が唾を吐きかけているあたりへ向かって、唾を吐き出した。

と——

ぐむんぐもももも……

鬼は低く唸り声をあげ、ゆらりゆらりと身を揺らしながら、外へ向かって歩きはじめた。

庭へ降り、庭から門をくぐって、屋敷の外へ——

「では、あとは、この晴明と博雅さまにおまかせを——」

晴明は、兼家にそう告げ、鬼を追って、博雅と一緒に外へ出て、歩き出した。

五

鬼が向かったのは、西の京であった。

朱雀大路《すざくおおじ》へ出て、南へ下り、六条大路に出たところで、西へ折れたのである。

鬼は、ゆっくり歩いているので、見失うことはない。

道をゆく者たちには、晴明と博雅の前をゆく鬼の姿は見えぬから、ふたりが春の陽差しの中をそぞろ歩いているように見える。

西のはずれまで来て、やがて、鬼は、ある破れ寺《や》の中へ入った。

枯れた昨年の草の間から、野萱草《のかんぞう》やら、はこべらやら、春の草が顔を出しているのを踏みながら、鬼は歩き、本堂とおぼしき建物の中へ入っていった。

晴明と博雅も、鬼の後を追って、本堂の中へ入った。

屋根の半分は落ち、床もほとんどが腐って抜けている。

みしり、みしり、と腐った板を踏んでゆくと、

「おうおう、もどりが早かったではないか。どうしたのじゃ……」

という声が、奥から聴こえた。

「たれかいるらしいぞ、晴明」

博雅が言った。

「どうやら、そうらしいな」

言いながら、晴明は、先に立って、どんどん進んでゆく。

すると、奥に、かろうじて床が残り、頭上に屋根が被《かぶ》さって、なんとか人が寝ることができそうな場所があった。

そこに、独りの僧形の老人が座っており、その前に、件《くだん》の鬼が立っているのが見えた。

「なんだね、おまえ。まだ、十日は過ぎていないというのに、もう帰ってきてしまったのかね――」

老人が、鬼に声をかけている。

その老人が、晴明と博雅の気配に気づいたらしく、ふたりの方へ顔を向けた。

「おや、あなたがたは？」

老人は言った。

頭のてっぺんがつるりと禿げあがり、耳の両側に、もしゃもしゃとした白髪がある。

「墩炳先生ですね」

晴明は、そう言いながら、前に出ていった。

その後ろから、博雅が続く。

「その鬼の後を尾《つ》けてまいりました」

晴明が言う。

「ということは、この鬼が、おふたりには見えるのですか——」

「はい」

晴明がうなずく。

「いや、それはまた、どうも……」

「わたしは、土御門大路《つちみかどおおじ》に住む、安倍晴明という者です。こちらは——」

「源博雅という者です」

晴明と博雅が名のった。

「いや、わたしは、今言われた通り、墩炳という、数年前、唐から渡ってきた者ですが
……」

「あなたが、その鬼を唐の国から連れてきたのですね」

「ああ、いえ、そうではないのです。そうではないのですが、そうであるとも言えるのですが、いやはやなんとも、これは、また……」

墩炳は、恐縮しきった顔で、頭を掻いたり、顎に手をあてたりしているのである。

「しかし、これが見えるというのは、この国でも、並々ならぬ法術を持ったお方ということでござりましょう。かような次第となりましたからは、何もかも、包み隠さず申しあげるのが、一番よいと思いますのでどうぞ、しばらくわたしの言うことに、お耳をお傾けくだされば、ありがたく存じます……」

墩炳は、そう言って頭を下げたのであった。

六

わたくしは、彼の国で、巫師《ふし》を業《なりわい》としておりました。

特別法術に力があるわけではなく、できることと言えば、簡単な鬼祓いくらいのもので、なかなかあちらでは仕事にありつけません。そこで考えたのは、他国であればわたくしの術もそれなりに役に立つのではないかということでござりました。

日本国であれば、まださほど強い法力を持った方もおられまい。それなら、わたくしのような者にも、それなりに仕事があるであろうと——

ところが、それは大きな間違いにござりました。

他国の鬼と申しますのは、それはそれなりに、国ごとに特徴がございまして、簡単な鬼を祓うにもそれなりに国ごとのやり方があって、昨日、今日、この国にやってきたばかりのわたくしには、手におえるものもあるにはありますが、なかなか手に余るものが多うございました。

そこでわたくしが考えましたのは、

「もしもここに、我が国の鬼などがいたらばなあ——」

ということでございました。

唐の国の鬼なれば、多少は知るものもあり、何をどうあつかえば祓うことができるか、ということがいくらかわかっておりましたれば、それならいっそ、作ってしまおうかと考えたのはもちろん、わたくしでございます。

そして、作ることにしたのが、皆さまが今ごらんになっている、

「由三格《ヨウサング》塞呀《サイヤ》」

という鬼でございます。

この鬼ならば、わたくしにも祓うことができ、いざという時どうすればよいかも心得ております。

それで、しばらく前からこの破れ寺にこもり、日々夜毎に呪を唱え、心にその由三格《ヨウサング》塞呀《サイヤ》を念じていたところ、ひと月ほどで、このあたりの気が凝りはじめて、ふた月目に

は由三格塞呀のかたちを取りはじめ、そこそこの悪さもできるようになったのでござります。

放っておけば、勝手に出かけ、どこぞのたれかに憑《とりつ》くようになりました。いなくなって、十日も過ぎた頃、いそいそと都の大路、小路を歩いて噂話を聴いているのでございましたが、由三格塞呀《ヨウサングサイヤ》の仕業としか思えぬ事件にでくわしました。そのお宅を訪問し、由三《ヨウサン》格塞呀《グサイヤ》を祓ってやれば、飯にも酒にもありつけるというたいへんにありがたい目にも遭うこととなって、しばらくこれを続けておりましたところ、本日、まだしばらくは帰らぬはずの由三格塞呀《ヨウサングサイヤ》がもどってきて、その後、晴明さま、博雅さまがやってきたと、そういうわけでございます——

七

「なるほどなあ……」

と、博雅が、酒を口に運びながら言った。

晴明の屋敷の簀子の上だ。

晴明と博雅——すでにもどってきて、ふたりで酒を飲んでいるのである。

夜——

梅はいよいよ白く咲き、その香が夜の闇に溶けて、夜気に甘く溶けているのである。

「おまえの言うていた通りだったということだな、なあ、博雅よ――」

　晴明が言った。

「え、おれの言うていた通り？」

「そうさ。まさに、これが呪ということなのであろうと言うていたではないか」

「言うだけなら、言うていたようだが――」

「そうさ。梅の香について、これが〝薫〟と名づけられていなかったらどうなのかと、自分で言うていたではないか――」

「そのことか」

「うむ。あの由三格塞呀《ヨウサングサイヤ》なる異国《とつくに》の鬼も、念じ、我が日本国の気に呪をかけて、名づけ、そのような鬼となしたるものではないか――」

「確かに――」

「呪によって、異国の鬼が生じたりもする。異国の鬼なれば、我が国の法力がたやすく効《き》かぬということも、あるであろうな――」

「う、うむ」

「今度は、このおれも多少の勉強をさせてもろうたということさ。博雅よ、ぬしのおかげぞ――」

　晴明が言うと、

「晴明よ、どうやらおれは、おまえに礼を言われているようなのだが、話が呪のことではよくわからぬ――」

「昼間は、わかったような顔をしていたではないか――」

「いや、確かにそうなのだが、今となっては、晴明よ、おまえにうまくだまされたような気がしないでもないのだ――」

「ふうん……」

「まあよい。今宵《こよい》は、梅の香を肴に飲もうではないか――」

「酒うまければ、それでよしということか――」

「うむ」

博雅はうなずき、空の杯に、蜜虫によって注がれた酒を、ゆるりと乾した。

ほろほろと、梅の香は闇にほどけ、夜はふけてゆく。

あとがき

『蟬丸』のこと

『陰陽師』を書き出してから、今年で三十周年、小説家として原稿料をいただくようになってから四十年目である。

遥ばるとした歳月のようにも、あっという間のことのようにも思えて、それを考えると、風が吹いても、青葉が揺れても、博雅の台詞ではないが、

「おれはなんだか心がしみじみとしてきてしまうのだよ」

という状態である。

このごろは、人間として持つべき色々な欲望が、歳を重ねるにつれて、少しずつ希薄になってきているような気がしてならない。かといって、欲望そのものが消滅してしま

うわけでもない。小説家としてこれでいいのか、と思わないでもない。多くの欲望に身をさいなまれながら書く作品の方が、力があるのではないかと思う一方で、今は今なりの境地の作品もあるのではないかとも思う。いずれにしろ、一生書くということだけは、間違いなく覚悟しているし、よほどの事情がない限り、たぶんぼくは死ぬまで書き続けるタイプの書き手であろうとも思っている。覚悟というほど、握り拳をかためずとも、自然にそういう生き方というか、死に方をするのであろうと思う。生まれかわって、もう一度小説家となっても書き足りないくらい書きたいものはあるのだが、いずれにしろ何かの途上で人は死ぬのであろう。それでいい。

この三十周年に合わせて、『陰陽師』のCD本を出すことになった。

この何年か、何人かのミュージシャンと一緒に自作の朗読コンサートなどをやったりしてきたのだが、今回はそういう御縁が積み重なって「そういうことになった」のである。

そもそものことで言えば、

「CDのような本」

「本のようなCD」

本屋の棚にもCDショップの棚にも並べられるものを作ろうという話でこの企画は始まった。

『陰陽師』の新作をぼくが書く。

その新作に合わせて、ミュージシャンが作曲し、演奏をする。

CDであり本でもあるから、新作だけでなくちゃんと〝あとがき〟も入っているし、東雅夫さんの解説もある。

詳しいところはそのCD本の〝あとがき〟に細かく書かれているのだが、ぼくが、この物語の主人公として選んだのは蟬丸法師である。

盲目の蟬丸、この世界や宇宙を耳で観る。

月の出る音は背で聴くことができるであろうし、眼が見えぬからこそ、神々の世界にも近い存在であろう。

以前、『陰陽師』の中でも触れたのだが、結局、つまるところ、音楽というものは、神への供物ではないかと思っている。演奏された瞬間に、間違いなく音は光のようにこの宇宙に波動として生じ、存在し、そして、世界へと溶けてゆくように消えてゆく。あれは、楽師によって宇宙の底から見つけ出され、この世に具現化された音が、役割を終えて、神のもとへと帰ってゆくということなのではないか。そういうことを、誰よりもわかっているのが、蟬丸であり、博雅であり、晴明であるのではないか。

凄いぞ。

何かとんでもないできごとに参加するような予感があった。

この試みに参加していただいたのは、ピアニストのスガダイローさんである。

ベースが東保光《とうほひかる》さん。

パーカッション、太鼓が辻祐《つじたすく》さん。

龍笛が松尾慧《まつおけい》さん。

彼らがこの世に生み落とすどの音も、粒のひとつずつに色がついていて、そこに物語が詰まっている。

ある時は青い月光の中で、ぬめぬめと宙を這い蛇の鱗の色が見えてくるようであり、まったく音の消えた時でも、無音の、音と音との間にあるその闇の中で、神々がひそひそと語っている声が聞えてきそうでもある。

ぼくは、『蟬丸』の新作原稿にそえて、次のように手紙に書いた。


「蟬丸」の物語の中に現れてきたのは縄文の神々です。

縄文の考え方としてすべてのものに霊が宿っているというものがあります。

そのすべてのものというのは、動物や虫はいうまでもなく樹や花や草、無機質の岩、石、水、雨なども含まれます。（略）蟬丸と博雅の演奏にこれらの精霊、神々が参加したというのがこの物語のコンセプトです。こういった縄文の神々を召喚するために必要なのは繰り返される心音のようなものなのではないかと私は考えました。具体的には人の頭ほどの石を両手に持って大地に膝をつき、例えば夜の森の中で心音と同じリズムでごつり、ごつり大地をたたき、その音で縄文の神々を呼び出すのです……。

また、平安時代の音については、京都精華大学の小松正史さんにエッセイを書いていただいた。

ぼくは、ずっと以前から、式神は、宿神であり、酒であり、石神であり、そしてそれは縄文の神々であると書いてきた。

それが、音楽によって、ここに具現化した。

これほど物語をはらんだ音楽は、ぼくにとっても初めて耳にするものであった。

本書が店頭に並ぶ十日後あたりには、このCD本『蟬丸』は、CDショップや一部の書店の店頭にあるはずである。

伶楽舎の芝祐靖さん、映画『陰陽師』の音楽を作曲してくれた梅林茂さんにもお世話になった。

こういう試みに参加できたことを、感謝したい。

ああ、虫に生まれかわっても来世で物語を書きたい。

二〇一六年七月某日　小田原にて――

夢枕　獏

夢枕獏公式ホームページ

「蓬萊宮」アドレスhttp://www.bokenya.jp/houraikyu/index.php3

初出掲載

邪蛇狂ひ　オール讀物　二〇一四年　九月号
嫦娥の瓶　オール讀物　二〇一四年　十一月号
道満月下に独酌す　オール讀物　二〇一五年　一月号
輪潜り観音　オール讀物　二〇一五年　三月号
魃の雨　オール讀物　二〇一五年　七月号
月盗人　オール讀物　二〇一五年　九月号
木犀月　オール讀物　二〇一五年　十一月号
水化粧　オール讀物　二〇一六年　一月号
鬼瓢箪　オール讀物　二〇一六年　三月号

単行本　二〇一六年九月　文藝春秋刊

文春文庫

陰《おん》陽《みよう》師《じ》　玉兎《ぎよくと》ノ巻《まき》

定価はカバーに
表示してあります

2019年6月10日　第1刷

著者　夢《ゆめ》枕《まくら》獏《ばく》
発行者　花田朋子
発行所　株式会社 文藝春秋

東京都千代田区紀尾井町 3-23　〒102-8008
TEL　03・3265・1211㈹
文藝春秋ホームページ　http://www.bunshun.co.jp

落丁、乱丁本は、お手数ですが小社製作部宛お送り下さい。送料小社負担でお取替致します。

印刷・凸版印刷　製本・加藤製本

Printed in Japan
ISBN978-4-16-791291-8

（　）内は解説者。品切の節はご容赦下さい。

夢枕　獏
陰陽師《おんみょうじ》

死霊、生霊、鬼などが人々の身近で跋扈した平安時代。陰陽師安倍晴明は従四位下ながら天皇の信任は厚い。親友の源博雅と組み、幻術を駆使して挑むこの世ならぬ難事件の数々。

ゆ-2-1

夢枕　獏
陰陽師《おんみょうじ》　飛天《ひてん》ノ巻

都を魔物から守れ。百鬼夜行の平安時代、風水術、幻術、占星術を駆使し、難敵に立ち向う安倍晴明。中世の闇のなんとこっけいで、おおらかなこと！　前人未到の異色伝奇ロマン。

ゆ-2-4

夢枕　獏
陰陽師《おんみょうじ》　付喪神《つくもがみ》ノ巻

妖物の棲み処と化した平安京。魑魅魍魎何するものぞ。若き陰陽師・安倍晴明と盟友・源博雅は立ち上がる。胸のすく二人の冒険譚。ますます快調の伝奇ロマンシリーズ第三弾。　（中沢新一）

ゆ-2-5

夢枕　獏
陰陽師《おんみょうじ》　鳳凰《ほうおう》ノ巻

魔物は闇が造るのではない、人の心が産むものなのだ、博雅。さて、ゆくか――。平安の都人を脅かす魑魅魍魎と対峙する、ご存じ安倍晴明・源博雅二人の活躍を描くシリーズ第四弾!!

ゆ-2-7

夢枕　獏
陰陽師《おんみょうじ》　生成《なまな》り姫

源博雅が一人の姫と恋におちた。恋に悩む友を静かに見守る安倍晴明。しかし、姫が心の奥に棲む鬼に蝕まれてしまった。果して姫を助けられるのか？　陰陽師シリーズ初の長篇遂に登場。

ゆ-2-9

夢枕　獏
陰陽師《おんみょうじ》　龍笛《りゅうてき》ノ巻

蝶の蛹や芋虫など、虫が大好きな露子姫の許に、あの蘆屋道満から禍々しい幻虫が送られてきた。何を企むのか道満!?　晴明と博雅は虫退治へと向うのだが……。「むしめづる姫」他全五篇。

ゆ-2-13

夢枕　獏
陰陽師《おんみょうじ》　太極《たいきょく》ノ巻

安倍晴明の屋敷で、いつものように源博雅が杯を傾けている所へ、虫が大好きな露子姫がやってきた。何でも晴明に相談があるというのだが……。「二百六十二匹の黄金虫」他、全六篇収録。

ゆ-2-15

文春文庫　夢枕獏の本

（　）内は解説者。品切の節はご容赦下さい。

夢枕 獏
陰陽師《おんみょうじ》 瀧夜叉姫《たきやしゃひめ》（上下）

次々と平安の都で起きる怪事件。それらは、やがて都を滅ぼす恐ろしい陰謀へと繋がって行く……。事件の裏に見え隠れする将門との浅からぬ因縁。その背後に蠢《うごめ》く邪悪な男の正体とは？

ゆ-2-17

夢枕 獏
陰陽師《おんみょうじ》 夜光杯《やこうはい》ノ巻

博雅の名笛「葉二《はふたつ》」が消えた。かわりに落ちていたのは、黄金の粒。はたして「葉二」はどこへ？　晴明と博雅が平安の都の怪事件を解決する〝陰陽師〟。「月琴姫」ほか九篇を収録。

ゆ-2-20

夢枕 獏
陰陽師《おんみょうじ》 天鼓《てんこ》ノ巻

盲目の琵琶法師・蟬丸にとり憑いた美しくも怖ろしい女の正体とは？　女を哀れむ蟬丸が、晴明と博雅を前にその哀しい過去を語りだす――。「逆髪の女」他、全八篇を収録。

ゆ-2-24

夢枕 獏
陰陽師《おんみょうじ》 醍醐《だいご》ノ巻

都のあちらこちらに現れては伽羅の匂いを残して消える不思議の女がいた。果して女の正体は？　晴明と博雅が怪事件を解決する〝陰陽師〟。「はるかなるもろこしまでも」他、全九篇。

ゆ-2-25

夢枕 獏
陰陽師《おんみょうじ》 酔月《すいげつ》ノ巻

我が子を食べようとする母、己れの詩才を恃むあまり虎になった男。都の怪異を鎮めるべく今日も安倍晴明がゆく。四季の花鳥風月の描写が日本人の琴線に触れる大人気シリーズ。

ゆ-2-27

夢枕 獏
陰陽師《おんみょうじ》 蒼猴《そうこう》ノ巻

神々の逢瀬に歯嚙みする猿、秋に桜を咲かせる木、蝶に変わる財物――京の不思議がつぎつぎに晴明と博雅をおとなう大人気シリーズは、いよいよ冴え渡る美しさ、面白さ。

ゆ-2-30

夢枕 獏
陰陽師《おんみょうじ》 螢火《ほたるび》ノ巻

今回は、シリーズを通してサブキャラ人気ナンバーワンで、晴明の好敵手にして、いつも酒をこよなく愛する法師陰陽師・蘆屋道満の人間味溢れる意外な活躍が目立つ、第十四弾。

ゆ-2-33

（　）内は解説者。品切の節はご容赦下さい。

夢枕 獏
村上 豊 絵
陰陽師《おんみようじ》 瘤《こぶ》取り晴明

都で名を馳せる薬師、平大成《たいらのおおなり》・中成《なかなり》兄弟。その二人に鬼たちが取り憑いた。解決に乗り出した晴明と博雅。百鬼夜行の宴に臨む二人の運命は？ 村上豊画伯と初めてのコラボレーション。

ゆ-2-16

夢枕 獏
村上 豊 絵
陰陽師《おんみようじ》 首

美しい姫・青音は、求婚した二人の貴族に、近くの首塚へ行き、石を持って帰ってきたものと寄り添うと言い渡すが……。村上豊の手で蘇る「陰陽師」シリーズ、好評の絵物語第二弾。

ゆ-2-19

夢枕 獏
村上 豊 絵
陰陽師《おんみようじ》 鉄輪《かなわ》

他の女に心変わりした男を恨んだ徳子姫は、丑の刻参りの末に生成《なまなり》の鬼になってしまう。事情を知った相手の男は晴明と博雅に助けを求めるのだが……。「陰陽師」絵物語シリーズ第三巻。

ゆ-2-22

夢枕 獏
『陰陽師《おんみようじ》』のすべて

シリーズが始まって三十年。百作を超えた「陰陽師」シリーズの人気の秘密、創作の源に迫る！ 岡野玲子、睦月ムンク、渡辺真理など各界の第一人者が登場。

ゆ-2-31

夢枕 獏
陰陽師《おんみようじ》 平成講釈 安倍晴明伝

安倍仲麿の子孫、安倍晴明尾花丸。帝の御悩平癒を願い、陰陽頭・蘆屋道満と問答対決、妖狐も絡んでの呪法合戦を繰り広げる。平成の講釈師・夢枕獏秀斎の語りの技が炸裂。 （山口琢也）

ゆ-2-28

夢枕 獏
おにのさうし

真済聖人、紀長谷雄、小野篁。高潔な人物たちの美しくも哀しい愛欲の地獄絵。魑魅魍魎が跋扈する平安の都を舞台に鬼と女人と恋する男を描く、「陰陽師」の姉妹篇ともいうべき奇譚集。

ゆ-2-26

夢枕 獏 編著
空海曼陀羅《くうかいまんだら》

菊池寛、荒俣宏、松岡正剛など九人の筆者がそれぞれの立場から、日本史上で最も偉大な思想家にして仏僧の弘法大師空海に挑む、破天荒なアンソロジー。

ゆ-2-32

（　）内は解説者。品切の節はご容赦下さい。

梶 よう子
一朝の夢
朝顔栽培だけが生きがいで、荒っぽいことには無縁の同心・中根興三郎は、ある武家と知り合ったことから思いもよらぬ形で幕末の政情に巻き込まれる。松本清張賞受賞。（細谷正充）
か-54-1

梶 よう子
みちのく忠臣蔵
旗本の嫡男・光一郎は、友が盛岡・弘前両藩の確執に絡み、不穏な計画を立てていることを知る――。〈陸奥の忠臣蔵〉といわれた事件を背景に、武士の〝義〟を切実に描く傑作。（末國善己）
か-54-3

北原亞以子
恋忘れ草
女浄瑠璃、手習いの師匠、料理屋の女将など江戸の町を彩るキャリアウーマンたちの心模様を描く直木賞受賞作。表題作の他、「恋風」「男の八分」「後姿」「恋知らず」など全六篇。（藤田昌司）
き-16-1

北原亞以子
ぎやまん物語
秀吉への貢ぎ物としてポルトガルから渡来したぎやまんの手鏡が映し出す、於袮、淀君、お江、尾形光琳や赤穂義士らの心模様。著者の遺作となった華麗な歴史絵巻。（清原康正）
き-16-9

北原亞以子
あこがれ 続・ぎやまん物語
八代将軍吉宗と尾張藩主宗春との確執から、田沼意次、平賀源内、最上徳内、シーボルト、そして黒船来航、新撰組や彰義隊の闘いと、ぎやまんの手鏡は映し出していく。（米村圭伍）
き-16-10

北原亞以子
初しぐれ
夫に先立たれた女の胸に去来するむかし言い交した男の顔。表題作など晩年に発表した時代小説五篇と、椅子職人だった祖父をモデルにした幻の直木賞受賞第一作を収録。（鈴木文彦）
き-16-11

北 重人
花晒し
元芸者で亡夫の跡を継いだ元締・右京が、江戸の街に起こる事件を鮮やかな手筋で仕切る――。急逝した著者の最後の連作短篇ほか、新人賞を受賞した幻のデビュー作を収録！（池上冬樹）
き-27-5

（　）内は解説者。品切の節はご容赦下さい。

木下昌輝
宇喜多の捨て嫁
戦国時代末期の備前国で宇喜多直家は、権謀術策を縦横無尽に駆使し、下克上の名をほしいままに成り上がっていった。腐臭漂う、希に見る傑作ピカレスク歴史小説遂に見参！
き-44-1

木下昌輝・髙橋直樹・佐藤巖太郎・簑輪　諒
天野純希・村木　嵐・岩井三四二
戦国　番狂わせ七番勝負
戦国時代に起きた、島津義弘、織田信長、真田昌幸などの七つのストーリーを歴史小説界気鋭の作家たちが描く、想定外にして予測不能なスピード感溢れる傑作短編集。（内藤麻里子）
き-44-51

小前　亮
月に捧ぐは清き酒
鴻池《こうのいけ》流《りゅう》事始《ことはじめ》
尼子一族を支えた猛将の息子は、仕官の誘いを断って商人の道を歩む。日本を代表する鴻池財閥の始祖が清酒の醸造に成功するまでの波乱の生涯を清々しく描く。（島内景二）
こ-44-2

堺屋太一
豊臣秀長
ある補佐役の生涯　（上下）
豊臣秀吉の弟秀長は常に脇役に徹したまれにみる有能な補佐役であった。激動の戦国時代にあって天下人にのし上がる秀吉を支えた男の生涯を描いた異色の歴史長篇。（小林陽太郎）
さ-1-14

佐藤雅美
関所破り定次郎目籠のお練り
八州廻り桑山十兵衛
河童の六と、博奕打ちの定次郎。相州と上州。二人の関所破りを追いかけて十兵衛は東奔西走するが、二つの殺しは意外な展開に……。十兵衛は首尾よく彼らを捕えられるか？
さ-28-24

佐藤雅美
大君の通貨
幕末「円ドル」戦争
幕末、鎖国から開国へ変換した日本は否応なしに世界経済の渦に巻込まれていった。最初の為替レートはいかに設定されたのか。幕府崩壊の要因を経済的側面から描き新田次郎賞を受賞。
さ-28-7

酒見賢一
泣き虫弱虫諸葛孔明　第壱部
口喧嘩無敗を誇り、自分をいじめた相手には火計(放火)で恨みを晴らす、なんともイヤな子供だった諸葛孔明。新解釈にあふれ、無類に面白い酒見版「三国志」、待望の文庫化。（細谷正充）
さ-34-3

（　）内は解説者。品切の節はご容赦下さい。

酒見賢一
泣き虫弱虫諸葛孔明　第弐部
酒見版「三国志」第2弾！　正史・演義を踏まえながら、スラップスティックなギャグをふんだんに織り込んだ異色作。第弐部は孔明出廬《しゅつろ》から長坂坡《ちょうはんは》の戦いまでが描かれます。（東　えりか）
さ-34-4

酒見賢一
泣き虫弱虫諸葛孔明　第参部
魏の曹操との「赤壁の戦い」を前に、呉と同盟を組まんとする劉備たち。だが、呉の指揮官周瑜は、孔明の宇宙的な変態的言動に殺意を抱いた。手に汗握る第参部！（市川淳一）
さ-34-6

酒見賢一
泣き虫弱虫諸葛孔明　第四部
赤壁の戦い後、劉備は湖南四郡に進出。だが、関羽、張飛が落命し、あの曹操が逝去。劉備本人も病床に。大立者が次々世を去る激動の巻。孔明、圧巻の「泣き」をご堪能あれ。（杜康　潤）
さ-34-7

酒見賢一
墨攻
古代中国、「墨守」という言葉を生んだ謎の集団・墨子教団。たった一人で大軍勢から小さな城を守った男を、静謐な筆致で描いた鬼才の初期傑作。（小谷真理）
さ-34-5

桜庭一樹
伏《ふせ》
贋作・里見八犬伝
娘で猟師の浜路は江戸に跋扈する人と犬の子孫「伏」を狩りに兄の元へやってきた。里見の家に端を発した長きに亘る因果の輪が今開く。（大河内一楼）
さ-50-6

佐藤賢一
ラ・ミッション
軍事顧問ブリュネ
幕府の軍事顧問だった仏軍人ブリュネは、日本人の士道に感じ入り、母国の方針に逆らって土方歳三らとともに戊辰戦争に身を投じる。「ラストサムライ」を描く感動大作。（本郷和人）
さ-51-3

佐伯泰英
船参宮
新・酔いどれ小籐次（九）
心に秘するものがある様子の久慈屋昌右衛門に請われ、伊勢へ同道することになった小籐次。地元の悪党や妖しい黒巫女が行く手を阻もうとするところ、無事に伊勢に辿り着けるのか？
さ-63-9